**이탈로 칼비노**   1923년 쿠바에서 농학자였던 아버지와 식물학자 였던 어머니 사이에서 태어나 어린 시절부터 자연 과 가까이하며 자랐다. 토리노 대학교에 입학해 공부하던 중 이탈리아 공 산당에 가입해 레지스탕스 활동에 참여했다가, 2차 세계 대전이 끝난 뒤 조 셉 콘래드에 관한 논문으로 졸업했다. 1947년 레지스탕스 경험을 토대로 한 네오리얼리즘 소설 『거미집으로 가는 오솔길』을 발표해 주목받기 시작 했다. 『반쪼가리 자작』, 『나무 위의 남작』, 『존재하지 않는 기사』로 이루어 진 '우리의 선조들' 3부작과 같은 환상과 알레고리를 바탕으로 한 철학적, 사회참여적인 작품, 『우주 만화』같이 과학과 환상을 버무린 작품, 이미지 와 텍스트의 상호 관계를 탐구한 『교차된 운명의 성』과 하이퍼텍스트를 소 재로 한 『어느 겨울밤 한 여행자가』 같은 실험적인 작품, 일상 가운데 존재 하는 공상적인 이야기인 『마르코발도 혹은 도시의 사계절』, 『힘겨운 사랑』 등을 연이어 발표하면서 이탈리아뿐만 아니라 세계 문학계에서 독보적인 위치를 차지하게 되었다. 1972년 후기 대표작인 『보이지 않는 도시들』을 발표해 펠트리넬리 상을 수상했다. 1981년에는 프랑스의 레지옹 도뇌르 훈 장을 받았다. 1984년 이탈리아인으로서는 최초로 하버드 대학교의 '찰스 엘리엇 노턴 문학 강좌'를 맡아 달라는 초청을 받았으나 강연 원고를 준비 하던 중 뇌일혈로 쓰러져 1985년 이탈리아의 시에나에서 세상을 떠났다.

마르코발도
혹은

도시의 사계절

이탈로 칼비노 전집

05

# 마르코발도
# 혹은

# 도시의 사계절

김운찬 옮김

MARCOVALDO OVVERO
LE STAGIONI IN CITTÀ

민음사

ITALO CALVINO

차례

# 봄

## Ⅰ 도시의 버섯

먼 곳에서부터 도시로 불어오는 바람은 특별한 선물을 가져다 준다. 다른 지방에서 날아온 꽃가루 때문에 재채기를 하는 알레르기 비염 환자처럼 예민한 몇 사람만이 알아볼 수 있는 선물이다.

어느 날 도시의 도로 옆에 늘어선 화단에 어디에서 왔는지 알 수 없는 포자(胞子)들이 바람에 실려 왔고, 거기에서 버섯들이 움터 올랐다. 바로 그 옆에서 매일 아침 전차를 타는 막일 노동자 마르코발도 외에는 아무도 그것을 알아차리지 못했다.

마르코발도는 도시 생활에는 별로 적합하지 않은 눈(目)을 갖고 있었다. 사람들의 관심을 끌기 위해 고안된 간판이나 신호등, 진열장, 휘황한 네온사인, 포스터는 사막의 모래 위를 스쳐 지나가는 듯한 그의 시선을 전혀 끌지 못했다. 하지만 나뭇가지 위에서 노랗게 물드는 나뭇잎, 기왓장 끝에 매달린 깃털은 절대 그의 시선에서 벗어나지 못했다. 말 잔등에 앉은 등에 한 마리, 탁자에 좀이 쏠아 생긴 작은 구멍, 보도 위에 으깨진 무화과 껍질 하나도 마르코발도는 놓치지 않았다. 그것은 모두 사색의 대상으로 계절의 변화, 영혼의 욕망들, 존재의 초라함을 깨닫게 해 주었다.

그리하여 어느 날 아침 그가 직장인 스바브 회사로 가는 전차를 기다리는 동안 정류장 옆 거리의 가로수가 쭉 심어진 화단의 메마르고 단단한 흙에서 무엇인가 특이한 것을 발견했다. 가로수들 발치 몇 군데에서 혹 같은 것들이 솟아 있었고, 땅위 여기저기에 둥그스름한 물체가 드러나 있었다.

마르코발도는 몸을 숙여 신발 끈을 고쳐 매면서 자세히 살펴보았다. 그건 버섯이었다. 진짜 버섯들이 도시 한복판에서 솟아나고 있었다! 마르코발도는 자신을 둘러싼 우울하고 초라한 세상 속에 감춰졌던 풍성함이 드러나면서 갑자기 너그러워진 듯한 느낌을 받았다. 그리고 계약 봉급의 초라한 시급, 추가 수당, 가족 수당, 급식비 이외에도 도시 생활에서 아직 무엇인가를 기대할 수 있을 것 같았다.

일터에서 그는 평소보다 더 산만했다. 자신이 거기에서 짐 꾸러미와 상자를 옮기는 동안 어두운 땅속에서는 버섯들이, 자신만이 아는 그 버섯들이 말없이 구멍투성이 과육(果肉)으로 서서히 익어 가고, 땅속의 수액을 흡수하고, 흙 표면을 뚫고 있으리라고 생각했다. '비만 하룻밤 오고 나면 따기에 딱 적당해질 거야.' 그는 생각했다. 그리고 자신이 발견한 것을 어서 빨리 아내와 아이들에게 알려 주고 싶었다.

"너희들에게 알려 줄 것이 있단다!" 초라한 저녁을 먹으면서 그는 발표했다. "일주일 내에 우리는 버섯을 먹게 될 거야! 멋진 버섯 튀김을 말이야! 틀림없어!"

그리고 버섯이 무엇인지 모르는 어린아이들에게 여러 가지 버섯의 멋진 모습과 섬세한 맛, 그리고 요리법에 대해 열심히 설명했다. 그 순간까지 무관심하고 못 미더워하던 아내 도미틸라도 대화에 끼어들었다.

"그 버섯들이 어디 있어요? 어디에서 자라는지 말해 주세요!" 아이들은 물었다.

그 질문에 마르코발도의 열정은 의심스러운 생각에 가로막혔다. '만약 내가 장소를 알려 주면, 이 녀석들은 장난꾸러기 무리와 함께 찾으러 갈 거야. 그러면 이 구역에 소문이 퍼질 것이고, 버섯은 다른 사람들의 냄비 속으로 들어가겠지!' 그리하여 그의 가슴을 보편적인 사랑으로 가득 채웠던 그 놀라운 발견은 이제 그의 마음에 소유의 열망을 불어넣었고, 불신과 질투의 두려움에 사로잡히게 했다.

"버섯이 있는 곳은 나 혼자만 알고 있어. 만약 한마디라도 새어 나가면, 너희들 혼날 거야." 그는 아이들에게 말했다.

이튿날 아침 마르코발도는 전차 정류장으로 가면서 마음이 걱정으로 가득했다. 화단 위로 몸을 숙였고, 버섯들이 약간 자랐지만 아직도 대부분 땅속에 숨어 있는 것을 보고는 안심했다.

그렇게 몸을 숙이고 있을 때 누군가가 등 뒤에 있는 것을 깨달았다. 그는 벌떡 일어나서 무관심한 태도를 보이려고 노력했다. 어느 도로 청소부가 빗자루에 몸을 기댄 채 그를 바라보고 있었다.

버섯이 자라는 구역을 담당하는 그 청소부는 키가 크고 말랐으며 안경을 끼고 있었다. 그의 이름은 아마디지였는데, 마르코발도는 오래전부터 그에게 반감을 갖고 있었다. 아마 자연의 모든 흔적을 빗자루로 지워 버리려고 도로의 아스팔트를 샅샅이 훑어보는 그 안경 때문이었을 것이다.

토요일이었다. 마르코발도는 무심한 태도로 화단 주위를 어슬렁거리면서 한나절을 보냈다. 멀리서 청소부와 버섯을 감시하면서 버섯이 완전히 자라려면 얼마나 걸릴 것인지 계산해 보았다.

그날 밤 비가 내렸다. 몇 달 동안의 가뭄 끝에 떨어지는 빗방울 소리에 잠에서 깨고 기쁨에 겨워 벌떡 일어나는 농부처럼, 마르코발도는 도시 전역에서 유일하게 침대에서 일어나 앉았고, 가족들을 깨웠다. "비가 온다! 비가 와!" 그리고 밖에서 들어오는 젖은 먼지와 신선한 곰팡이 냄새를 들이마셨다.

일요일 새벽 그는 빌린 바구니를 들고 아이들과 함께 곧장 화단으로 달려갔다. 버섯들은 줄기 위의 갓 모양과 함께 아직도 빗물에 젖은 흙 위로 높이 솟아올라 있었다. "만세!" 그들은 모두 달려들어 따기 시작했다.

"아빠! 저기 저 사람 봐요! 얼마나 많이 땄는지 봐요!" 미켈리노가 말했다. 마르코발도는 고개를 들었다. 곁에 아마디지가 버섯이 가득한 바구니를 옆구리에 들고 서 있었다.

청소부가 말했다. "아, 당신들도 버섯을 따는군요. 그렇다면 먹을 수 있는 것인가요? 나도 약간 땄는데 믿을 수 없어서……. 도로 저쪽으로 더 가면 훨씬 큰 것들이 많이 있어요……. 좋아요. 이제 알았으니, 저쪽에서 버섯을 딸 것인지 아니면 놔둘 것인지 논쟁하고 있는 우리 친척들에게 알려 줘야겠군요." 그러고는 성큼성큼 멀어졌다.

마르코발도는 잠시 말없이 있었다. 자기는 훨씬 더 큰 버섯들을 전혀 알아보지 못했고, 그렇게 전혀 기대하지 않았던 수확은 자기 코 앞에서 사라져 버렸다. 분노와 울분에 잠시 동안 그는 돌이 된 것처럼 서 있었다. 그리고 이따금 그러하듯이 그런 개인적인 열정이 무너지면서 너그러운 충동으로 바뀌었다. 그 시간에는 전차를 기다리는 사람들이 많았는데, 아직 우중충하고 불확실한 날씨 때문에 다들 우산을 겨드랑이에 끼고 있었다. "어이, 여러분! 오늘 저녁 버섯 튀김을 맛보고 싶지 않으세요?" 마르코발도는 정류장에 늘어선 사람들에게 소리쳤다. "여기 도로 곁에 버섯들이 자라났어요! 이리 오세요! 충분히 많이 있어요!" 그러고는 한 무리의 사람들과 함께 아마디지를 뒤쫓아 갔다.

모두들 버섯을 많이 찾아냈고, 바구니가 없었던 터라 우산을 펴쳐 그 안에 담았다. 누군가가 말했다. "우리 모두 함께 식사를 하면 정말 멋지겠어요!" 하지만 각자 자신의 버섯을 땄고 자신의 집으로 돌아갔다.

하지만 바로 그날 저녁 그들은 다시 만났다. 식중독에 걸려 위세척을 해 겨우 나은 그들은 모두 같은 병원의 병실에서 다시 만났다. 각자 먹은 버섯의 양이 많지 않았기 때문에 심한 식중독은 아니었다.

마르코발도는 아마디지 바로 곁의 침대에 누워 있었고, 그들은 서로를 노려보았다.

여름

# 2 벤치 위의 야영

  매일 아침 일터로 가면서 마르코발도는 나무들이 우거진 광장의 녹음 아래로 지나갔다. 교차로 한가운데에 조성된 사각형 공원이었다. 마로니에 잎사귀가 빽빽이 우거진 곳으로 눈을 들면 수액의 투명한 그림자에 노란 햇살이 비쳤고, 나뭇가지 위에 보이지 않는 참새들의 시끄러운 소리가 들려왔다. 그에게는 참새들이 나이팅게일 같았다. 그는 생각했다. '오, 한 번이라도 자명종 소리나 갓난아기 파올리노의 울음소리, 아내 도미틸라의 악다구니 소리가 아니라, 새들의 지저귐 소리에 잠을 깰 수 있다면!' 아니면 '오, 여기에서, 낮고 무더운 우리 방이 아니라, 이 신선한 녹음 한가운데에서 잠잘 수 있다면! 온 식구들의 코 고는 소리, 잠꼬대하는 소리, 저 아래 도로에서 전차가 달리는 소리가 아니라, 여기 이 고요함 속에서 잠잘 수 있다면! 자동차 헤드라이트 불빛 때문에 덧창문을 닫아 만든 인공적인 어둠이 아니라, 여기 이 자연스러운 밤의 어둠 속에서 잘 수 있다면! 오, 눈을 뜨면서 나뭇잎과 하늘을 볼 수 있다면!' 매일 이런 생각과 함께 마르코발도는 막일 노동자로서 하루 여덟 시간에다 잔업을 시작해야 했다.

광장 한쪽 구석에 벤치 하나가 있었는데, 우거진 마로니에 나뭇잎 아래 외따로 떨어져 반쯤 숨겨져 있었다. 마르코발도 그 벤치를 자기 것으로 정해 놓았다. 그 무더운 여름밤에 다섯 식구가 함께 잠을 자는 방에서 잠을 이룰 수 없을 때면, 그는 마치 집 없는 사람이 왕궁의 침대를 꿈꾸듯이 그 벤치를 꿈꾸었다. 어느 날 밤 아내가 코를 골고 아이들이 잠 속에서 뒤척이는 동안, 마르코발도는 조용히 침대에서 일어나 옷을 입었고, 자기 베개를 옆구리에 끼고 밖으로 나가 광장으로 갔다.

거기에는 시원함과 평온함이 있었다. 그는 벤치 나무의 부드럽고 아늑한 촉감, 자기 침대의 짓눌린 매트리스보다 훨씬 더 아늑한(그는 분명히 그렇게 확신했다.) 촉감을 미리 음미했다. 누워서 잠시 동안 별을 바라보다가 눈을 감으면 하루 일과의 모든 기분 나쁜 일들을 씻어주는 깊은 잠 속으로 빠져들 것이다.

시원함과 평온함은 있었지만 벤치는 비어 있지 않았다. 한 쌍의 연인이 앉아 서로의 눈을 바라보고 있었다. 마르코발도는 조심스럽게 물러났다. 그리고 생각했다. '밤이 늦었어. 저들이 밖에서 밤을 지새우지는 않을 거야! 사랑의 밀어나 속삭이다가 끝나겠지!'

하지만 두 사람은 사랑의 밀어를 속삭이는 것이 아니었다. 그들은 다투고 있었다. 그리고 두 연인 사이의 말다툼이란 도대체 언제 끝날지 알 수 없는 법이다.

남자가 말했다. "당신은 그런 말을 함으로써 당신이 생각하는 것처럼 내가 즐거워하지 않고 오히려 불쾌해졌다는 사실을 인정하지 않는 거야?"

마르코발도는 말다툼이 오래 지속되리라는 것을 깨달았다.

"그래, 인정하지 않아." 여자가 대답했다. 마르코발도가 이미 예상한 대답이었다.

"왜 인정하지 않아?"

"나는 절대로 인정하지 않겠어."

'아, 이런.' 마르코발도는 생각했다. 그는 자기 베개를 옆구리에 낀 채 한 바퀴 둘러보러 갔다. 나무와 지붕 위에 걸린 커다란 보름달을 바라보고 나서 다시 벤치로 돌아왔다. 그들을 방해할까 염려되어 약간 멀리 떨어져 돌았지만, 내심 마음속으로는 그들을 약간 귀찮게 하여 떠나게 만들고 싶은 생각이었다. 하지만 두 사람은 너무 열광적으로 논쟁에 몰두해 있어서 그에 대해 알아차리지 못했다.

"그렇다면 인정해?"

"아니, 아니야. 나는 절대로 인정하지 않아!"

"당신이 인정했다는 것을 인정하면서도?"

"내가 인정했던 것은 인정하지만, 당신이 나에게 인정하게 만들고 싶어 하는 것은 절대로 인정하지 않아!"

마르코발도는 다시 돌아가 달을 바라보았다. 그런 다음 조금 더 멀리 떨어진 곳으로 가서 신호등을 바라보았다. 신호등은 계속해서 켜졌다 꺼졌다 하면서 계속 노란색, 노란색, 노란색을 비추었다. 마르코발도는 달과 신호등을 비교해 보았다. 달은 창백한 노란색으로 신비스러워 보였고 그 배경에는 초록색과 푸른색도 서려 있었다. 반면에 신호등은 천박한 노란색뿐이었다. 그리고 달은 이따금 희미하게 남은 구름이 의젓하게 자신의 몸 위로 드리우는 섬세한 그림자와 함께 서두르지 않고 아주 평온하게 빛을 발산했다. 그동안 신호등은 숨 가쁘게 켜졌다 꺼졌다, 켜졌다 꺼졌다 반복하면서 겉으로는 활발해 보이지만 피곤하고 속박된 모습이었다.

마르코발도는 여자가 인정했는지 보기 위해 돌아왔다. 하지만 천만에! 그녀는 인정하지 않았고, 이제는 오히려 인정하지 않으려는 쪽이 여자가 아니라 남자였다. 상황이 완전히 뒤바뀌어 있었다. 오히려 여자가 남자에게 말했다. "그렇다면 당신이 인정하는 거지?" 그리고 남자는 아니라고 말했다. 그렇게 삼십 분이 지났다. 마침내 남자가 인정했다. 아니면 여자가 인정했는지 모르겠다. 어쨌든 마르코발도는 그들이 일어나서 손을 잡고 떠나는 것을 보았다.

그는 벤치로 달려갔고, 그 위로 몸을 던졌다. 하지만 그렇게 기다리는 동안 거기에서 기대했던 그 약간의 부드러움을 더는 느낄 수 없었으며, 자기 집의 침대도 그렇게 딱딱하지 않다는 것을 기억하지도 못했다. 하지만 그것은 사소한 것이었다. 야외의 밤을 즐기고 싶은 그의 의지는 아주 확고했다. 그는 베개에 얼굴을 파묻고 잠을 자려고 준비했다. 오래전부터 잊고 있던 잠을 자려고 했다.

이제 그는 가장 편안한 자세를 찾아냈다. 세상에 어떤 일이 있어도 단 1밀리미터도 움직이지 않을 것이다. 단 한 가지 유감인 것은, 그런 자세로 있으면 나무와 하늘이 그의 시야에 들어오지 않는다는 것이었다. 그래서 잠이 완전한 자연의 평온함으로 그의 눈을 감겨 주지 못했다. 그의 눈앞에는 가까운 순서대로 나무 한 그루, 기념비 위에 높이 세워진 어느 장군 동상의 긴 칼, 그다음에 또 다른 나무, 공공 게시판의 포스터, 그다음에 세 번째 나무, 그리고 조금 먼 곳에 계속해서 그 노란색, 노란색, 노란색을 발산하는 신호등의 간헐적인 거짓 달빛이 있었다.

최근에 마르코발도의 신경계는 완전히 최악이었다. 죽을 정도로 피곤해도 아무것도 아닌 사소한 것으로 인해 잠을 이루지 못했다. 머릿속에 무언가 귀찮은 것을 생각하기만 해도 잠을 이루지 못했다. 그런데 지금 그 켜졌다 꺼졌다 하는 신호등이 그를 귀찮게 했다. 그것은 저 아래 멀리서 외롭게 끔벅이는 노란색 눈이었고 신경 쓸 것이 아닐 수도 있었다. 하지만 마르코발도는 정말로 신경 쇠약에 걸릴 지경이었다. 그는 켜졌다 꺼졌다 하는 신호등을 노려보면서 속으로 말했다. '저 지겨운 것만 없으면 정말로 편안하게 잘 수 있을 텐데! 얼마나 편안하게 잘 수 있겠는가!' 그는 눈을 감았다. 눈꺼풀 아래에서 그 멍청한 노란색이 켜졌다 꺼졌다 하는 것을 느끼는 것 같았다. 그는 눈을 꾹 감았다. 그러자 십여 개의 신호등이 보였다. 다시 눈을 뜨자 여전히 처음과 똑같았다.

그는 일어났다. 자신과 신호등 사이를 가로막아야 했다. 그는 장군 기념비까지 걸어가 주위를 둘러보았다. 기념비 발치에는 나무 받침대 위에 커다란 월계관이 놓여 있었다. 월계관은 아름답고 튼튼했지만 이미 메말라 잎사귀가 반쯤 떨어져 나갔고, 색 바랜 커다란 리본에는 '영광의 기념일에 제15창기병(槍騎兵)들'이라고 적혀 있었다. 마르코발도는 동상의 받침대 위로 기어 올라갔고, 월계관을 들어 장군의 칼 위에 걸쳐 놓았다.

야간 경비원 토르나퀸치는 자전거를 타고 광장을 가로질러 순찰을 돌고 있었다. 마르코발도는 동상 뒤로 몸을 숨겼다. 토르나퀸치는 땅 위에서 동상의 그림자가 움직이는 것을 보고 의아한 생각에 멈추었다. 칼 위의 월계관을 살펴보았고, 무엇인가 제자리에서 벗어났다는 것을 깨달았지만 정확하게 무엇인지 알 수 없었다. 손전등으로 위를 비추어 보았고 '영광의 기념일에 제15창기병들'이라는 문구를 읽었다. 그는 알았다는 듯이 고개를 끄덕였고 다른 곳으로 갔다.

그가 멀리 갈 때까지 마르코발도는 다시 광장을 한 바퀴 둘러보았다. 근처 도로 위에서 노동자 한 무리가 전차 선로의 전철기(轉轍機)를 수리하고 있었다. 한밤중 황량한 거리에서 산소 용접기의 섬광 주위에 웅크리고 앉아 있는 노동자 무리와, 울려 나왔다가 곧바로 스러지는 그들의 목소리는, 낮에 생활하는 주민들이 전혀 알 수 없는 일을 준비하는 사람들처럼 비밀스러운 분위기를 풍겼다. 마르코발도는 가까이 다가갔고, 졸음에 겨워 점점 더 작아지는 눈으로, 약간 멍한 표정으로 불꽃과 노동자들의 움직임을 바라보았다. 잠을 쫓으려고 주머니를 더듬어 담배를 찾았으나 성냥이 없었다. "불 좀 빌릴 수 있을까요?" 그는 노동자들에게 물었다. "이것으로요?" 산소 용접을 하던 사람이 불꽃을 튀기면서 말했다.

다른 노동자 한 사람이 일어서서 그에게 불붙은 담배를 내밀었다. "당신도 야간 작업이오?"

"아니요, 난 주간 작업이에요."

"그러면 이 시간에 뭐 하러 돌아다니는 거요? 우리는 잠시 후에 끝나는데."

마르코발도는 다시 벤치로 돌아와서 길게 누웠다. 이제 신호등은 시야에서 가려져 있었다. 마침내 잠들 수 있을 것 같았다.

조금 전에는 소음에 신경을 쓰지 않았다. 그런데 이제 그 붕붕거리는 소리, 마치 음울하게 들이마시는 숨소리 같고 동시에 끊임없이 무언가를 긁고 툭탁거리는 것 같은 소음이 계속해서 그의 귀를 점령했다. 그 용접기 소음, 낮은 비명 같은 소음보다 더 귀에 거슬리는 소리는 없었다. 구겨진 베개에 얼굴을 기댄 채 벤치 위에 웅크리고 누워 꼼짝하지 않고 있던 마르코발도는 그 소음에서 벗어날 방도가 없었다. 그리고 소음은 주위에 눈부신 불꽃을 튀기는 그 음울한 산소 용접기 불빛이 비추는 장면을 끊임없이 떠올리게 만들었다. 얼굴에 검은 보안 유리 마스크를 쓰고 땅바닥에 쪼그려 앉은 사람들, 손으로 잡은 용접기의 빠른 진동, 작업 공구 수레, 전깃줄까지 닿을 정도로 높다란 가설 작업대 주변에 어른거리는 그림자의 후광이 계속 눈앞에 떠올랐다. 마르코발도는 눈을 뜨고 벤치 위에서 돌아누웠고, 나뭇가지들 사이로 별들을 바라보았다. 참새들은 저 위 나뭇잎들 가운데에서 무심하고 평온하게 잠들어 있었다.

새들처럼 잠들 수 있다면! 머리를 감쌀 수 있는 날개가 있다면! 허공에 매달린 잎사귀들의 세계에 있으면서 저 아래 아득하고 멀리 떨어진 지상 세계를 거의 느낄 수 없다면! 일단 자신의 현재 상태를 받아들이지 않기 시작하면 어디에 도달할지 알 수 없는 법이다. 이제 마르코발도가 잠들기 위해서는 자기 자신도 알 수 없는 무엇인가가 필요했다. 진정 완벽한 정적으로도 충분하지 않을 것이다. 정적보다 더 부드러운 청각적 배경, 가령 무성한 관목 숲으로 지나가는 가벼운 바람, 또는 땅속에서 솟아올라 풀밭 속으로 사라지는 물줄기의 속삭임 같은 것이 필요했다.

마르코발도는 머릿속에 멋진 생각을 떠올렸고 벤치에서 일어났다. 정말로 멋진 생각은 아니었다. 피부 속까지 스며든 졸음으로 반쯤 무감각해진 탓에 어떤 분명한 생각을 떠올릴 수 없었다. 그것은 물의 관념, 나지막이 졸졸 흘러가는 물과 관련된 것이 그 주위에 있다는 기억 같은 것이었다.

실제로 근처에 분수가 있었다. 님프와 목신(牧神), 강의 신들의 조각과 상수도 시설이 어우러진 탁월한 작품으로 물줄기와 작은 폭포들로 장식되어 있었다. 다만 말라 있었다. 여름에는 수돗물이 충분하지 않았기 때문에 밤에 잠가 놓았다. 마르코발도는 몽유병자처럼 그 주위를 돌아보았다. 그리고 이성보다는 본능으로 분수에는 분명히 수도꼭지가 있다는 것을 알았다. 눈이 있는 자는 찾고자 하는 것을 눈을 감고도 찾기 마련이다. 마르코발도는 수도꼭지를 열었다. 조각된 조개껍질, 수염, 말의 콧구멍에서 높다란 물줄기가 솟아올랐고, 인조 계곡은 반짝이는 너울로 뒤덮였다. 그 모든 물은 텅 빈 커다란 광장에서 마치 합창대의 오르간처럼 온갖 다양한 물소리를 연주했다. 야간 경비원 토르나퀸치는 입구 아래로 순찰표를 집어넣기 위해 검은색 자전거를 타고 다시 돌아오고 있었는데, 갑자기 눈앞에서 마치 물의 폭죽이 터지듯이 분수가 솟아오르는 것을 보고 하마터면 안장에서 떨어질 뻔했다.

마르코발도는 이미 자신을 사로잡은 것 같은 잠을 놓치지 않기 위해 최대한 눈을 뜨지 않으려고 노력하며 달려가서 벤치 위에 몸을 던졌다. 이제 마침내 그는 개울이 있는 숲 속에 둘러싸인 것 같았고, 마침내 잠이 들었다.

그는 만찬 꿈을 꾸었다. 음식이 식지 않도록 접시에는 뚜껑이 덮여 있었다. 그는 뚜껑을 열었다. 거기에는 죽은 생쥐 한 마리가 있었고 악취를 풍겼다. 아내의 접시를 살펴보았다. 거기에도 생쥐 시체가 있었다. 아이들 앞에도 생쥐들이 있었고, 조금 작기는 했지만 마찬가지로 반쯤 썩어 있었다. 수프 냄비 뚜껑을 열었고, 허공으로 배를 드러낸 고양이를 보았다. 그리고 악취에 잠이 깼다.

조금 떨어진 곳에 밤에 쓰레기통을 비우러 돌아다니는 도시 청소차가 있었다. 마르코발도는 희미한 헤드라이트 불빛 속에서 덜컹이며 삐걱거리는 기중기와 산더미 같은 쓰레기 더미 꼭대기에 있는 사람들의 그림자를 알아볼 수 있었다. 그들은 도르래에 매달린 쓰레기통을 손으로 끌어당겨 청소차 안으로 쏟아부었고, 삽으로 두드려 짓누르면서 삐걱거리는 기중기처럼 음울하고 갈라진 목소리로 소리쳤다. "올려…… 늦춰…… 이런 빌어먹을……." 불투명한 종소리처럼 금속들이 부딪치는 소리가 들렸고, 다시 천천히 엔진 시동을 거는 소리가 들려왔다. 그리고 조금 먼 곳에 가서 멈추었고 다시 작업을 시작했다.

하지만 마르코발도는 그런 소음이 들리지 않을 정도로 잠에 빠져 있었고, 그렇게 귀에 거슬리고 삐걱거리는 소음마저 아마 청소차 안에 쌓인 쓰레기의 빽빽한 밀도 때문인지 부드러운 후광에 휩싸인 것처럼 아득하게 들려왔다. 그런데 악취가 그를 깨웠다. 견딜 수 없는 악취의 관념에 의해 더욱 날카로워진 악취 때문에, 그 아득하고 무뎌진 소음들과 기중기가 달린 청소차의 희미한 모습도 그의 머릿속에서는 청각이나 시각으로 느껴지지 않고 단지 악취로 느껴졌다. 마르코발도는 미칠 지경이었다. 머릿속으로 장미 화원의 향기를 상상해 보았지만 헛수고였다.

야간 경비원 토르나퀸치는 얼핏 사람 그림자가 네 발로 기어 화단으로 달려가더니 미나리아재비 꽃들을 난폭하게 쥐어뜯어 사라지는 것을 보고 이마에 식은땀이 흐르는 것을 느꼈다. 하지만 그건 포

획꾼이 잡아갈 떠돌이 개이거나, 아니면 정신과 의사에게 상담해야 할 환상이거나, 아니면 누구와 관련됐는지는 잘 모르겠지만 어쨌든 모든 이가 꺼려 할 존재인 늑대 인간일 것이라고 생각했고, 그래서 재빨리 그곳을 피했다.

그동안 자기 잠자리로 돌아온 마르코발도는 발작적으로 꺾어 온 한 움큼의 미나리아재비 꽃을 콧구멍에 쑤셔 박고 그 향기로 콧속을 가득 채우려고 노력했다. 하지만 향기가 거의 없는 그 꽃에서는 별로 짜낼 것이 없었다. 그래도 이슬 냄새, 짓눌린 풀과 흙의 냄새가 이미 놀라운 향기였다. 마르코발도는 집요한 쓰레기 악취를 내쫓고 잠이 들었다. 벌써 새벽이었다.

머리 위로 햇살이 가득한 하늘이 갑자기 활짝 펼쳐지자 마르코발도는 잠이 깼다. 햇살은 마치 나뭇잎들을 완전히 없앴다가 흐릿해진 시야에 조금씩 되돌려 주는 것 같았다. 하지만 마르코발도는 머뭇거릴 수 없었다. 차가운 한기에 벌떡 일어났다. 시청 정원사들이 꽃밭에 뿌리는 물방울이 그의 옷 위로 졸졸 흘러내렸다. 그리고 주위에는 전차, 시장의 짐차, 손수레, 트럭이 덜컹거리며 움직였고, 노동자들은 스쿠터를 타고 공장으로 달려갔으며, 가게들은 셔터를 위로 올렸고, 집의 창문들은 덧창문을 걸었고, 창유리는 반짝거렸다. 엉겨 붙은 두 눈과 입으로 깜짝 놀란 마르코발도는 뻣뻣한 등허리와 짓눌린 옆구리로 일터를 향해 달려갔다.

가을

# 3 시청의 비둘기

봄가을에 철새들이 북쪽이나 남쪽을 향해 이주할 때, 새들은 대부분 도시를 가로질러 날아가지 않는다. 철새 무리는 기다란 들판 경사면들 위로 또는 숲의 가장자리를 따라 높이 하늘을 가로질러 날아간다. 때로는 굽이진 강줄기나 계곡의 골을 따라 날아가는 것 같고, 또 때로는 바람의 보이지 않는 길을 따라가는 것처럼 보이기도 한다. 하지만 도시의 지붕들이 앞에 나타나면 곧바로 멀리 빙 돌아서 간다.

그런데도 언젠가 가을 도요새 한 무리가 어느 거리의 하늘 모퉁이에 나타났다. 그리고 언제나 허공을 쳐다보며 길을 걷는 마르코발도 혼자만 그것을 보았다. 마르코발도는 짐수레가 매달린 삼륜 자전거를 타고 있었는데, 새들을 보고 마치 뒤쫓아 가려는 것처럼 더욱 힘껏 페달을 밟았다. 군대 시절 외에는 총이라곤 잡아 본 적이 없는데도 그는 사냥꾼이 된 환상에 사로잡혀 있었다.

그렇게 날아가는 새들을 눈으로 뒤쫓으며 달려가던 그는 교차로 한가운데에서 빨간색 신호등에 걸려 자동차들 사이에 갇히게 되었고, 하마터면 차에 치일 뻔했다. 불그스레한 얼굴의 교통순경이 수첩에 그의 이름과 주소를 적는 동안에도 마르코발도의 시선은 하늘의 새들을 찾고 있었다. 하지만 새들은 이미 사라졌다.

회사에서 벌금 때문에 그는 심한 질책을 받았다.

"아니, 신호등도 못 보는 거야?" 작업반장 빌리젤모 씨는 소리쳤다. "도대체 멍청하게 뭘 보고 다니는 거야?"

"도요새들을 보고 있었어요……" 마르코발도는 말했다.

"뭐?" 노련한 사냥꾼인 빌리젤모 씨의 두 눈이 반짝 빛났다. 마르코발도는 이야기했다.

"토요일에는 사냥개와 엽총을 준비해야겠군." 작업반장은 화낸 것을 벌써 잊어버리고 아주 쾌활하게 말했다. 이제 언덕 위로 철새들이 지나가기 시작한 것이다. 저 아래쪽 사냥꾼들에 놀라서 도시 위로 방향을 돌린 것이 분명했다.

그날 하루 종일 마르코발도의 머릿속은 마치 물레방아처럼 계속해서 돌고 또 돌았다. '분명히 그러겠지만, 만약 토요일 언덕 위에 사냥꾼들이 가득 모이게 된다면, 얼마나 많은 도요새들이 도시에 내려앉게 될까? 만약 방법만 찾아낸다면, 일요일에는 도요새 구이를 먹게 될 거야.'

마르코발도가 세 들어 사는 공동 주택의 지붕은 테라스로 되어 있었고, 빨랫줄로 쓰이는 철사들이 늘어서 있었다. 마르코발도는 아이들 세 명과 함께 끈끈이 한 통과 페인트 붓, 곡물 한 봉지를 들고 지붕으로 올라갔다. 아이들이 곡물 알갱이를 사방에 뿌리는 동안 그는 지붕 난간, 빨랫줄, 굴뚝 주변에다 끈끈이를 칠했다. 얼마나 많이 칠했는지 필리페토는 장난을 치다가 하마터면 끈끈이에 들러붙을 뻔했다.

그날 밤 마르코발도는 지붕에 온통 도요새들이 들러붙어 퍼덕거리는 꿈을 꾸었다. 그보다 더 게으르고 탐욕스러운 아내 도미틸라는 이미 잘 구워진 오리들이 굴뚝에 내려앉아 있는 꿈을 꾸었다. 낭만적인 딸 이솔리나는 자기 모자를 장식할 벌새를 꿈꾸었다. 미켈리노는 거기에서 황새를 발견하는 꿈을 꾸었다.

다음 날 매 시간마다 아이들 중 하나가 지붕 위를 염탐하러 갔다. 혹시라도 내려앉으려고 하는 새들이 놀라지 않도록 들창에서 머리만 약간 내밀었고, 그런 다음 내려와 소식을 전했다. 좋은 소식은 좀처럼 전해지지 않았다. 마침내 정오 무렵 피에트루초가 소리를 지르며 돌아왔다. "있어요! 아빠! 빨리 와요!"

마르코발도는 자루를 들고 올라갔다. 끈끈이에 들러붙어 있는 것은 불쌍한 비둘기였다. 광장의 소음이나 사람들의 무리에 익숙해진 도시의 잿빛 비둘기들 중 하나였다. 그 비둘기가 경솔하게 내려앉은 끈끈이 진창에서 날개를 떼어 내려고 발버둥치는 동안 다른 비둘기들은 주위를 낮게 날아다니면서 측은하게 바라보고 있었다.

마르코발도 가족이 불에 구운 그 야위고 질긴 비둘기의 잔뼈를 뜯어 먹고 있을 때 누군가가 문을 두드리는 소리가 들렸다.

집주인 여자의 하녀였다. "주인마님이 당신을 찾아요! 빨리 와 보세요!"

집세가 벌써 여섯 달이나 밀렸기 때문에 쫓겨날까 두려웠던 마르코발도는 걱정스러운 마음으로 우아한 층에 있는 주인 여자의 아파트로 갔다. 거실에 들어서자마자 그는 방문객이 와 있는 것을 보았다. 불그스레한 얼굴의 시청 경찰이었다.

"이리 와요, 마르코발도 씨." 주인 여자는 말했다. "우리 테라스에서 시청의 비둘기를 사냥하는 사람이 있다고 하는군요. 혹시 거기에 대해 알고 있어요?"

마르코발도는 몸이 얼어붙는 것 같았다.

"주인마님! 주인마님!" 그 순간 여자의 목소리가 들렸다.

"무슨 일이야, 구엔달리나?"

세탁부 여자가 들어왔다. "테라스에 빨래를 널려고 갔는데, 빨래들이 모두 들러붙었어요! 떼어 내려고 잡아당겼더니 찢어져 버렸어요! 모두 못 쓰게 되었어요! 도대체 무슨 일이에요?"

마르코발도는 마치 소화가 되지 않는 것처럼 가슴을 손으로 쓸어내렸다.

겨울

# 4 눈 속으로 사라진 도시

　그날 아침 정적이 그를 깨웠다. 마르코발도는 어딘가 분위기가 이상하다는 느낌에 침대에서 일어났다. 몇 시인지 알 수 없었다. 덧창 문의 창살 사이로 들어오는 빛도 낮이나 밤 어느 시간의 빛과도 달라 보였다. 그는 창문을 열었다. 도시가 사라지고 없었으며, 새하얀 종이 한 장으로 바뀌어 있었다. 시선을 집중하여 자세히 살펴보자 하얀색 한가운데에서 거의 지워져 버린 몇몇 윤곽을 구별해 낼 수 있었는데, 일상적으로 보던 사물들의 윤곽과 일치했다. 그것은 주위에 있던 창문, 지붕, 가로등이었지만, 밤 사이에 내린 눈 속으로 사라져 버린 것이었다.

　"눈이다!" 마르코발도는 아내에게 외쳤다. 아니, 외치려고 했지만 그의 목소리는 희미하게 나왔다. 눈은 사물들의 윤곽과 색깔, 전망을 뒤덮은 것처럼 소리까지 뒤덮어 버렸다. 꽉 채워진 공간 속에서처럼 소리가 울리지 않았다.

마르코발도는 걸어서 일터로 갔다. 눈 때문에 전차들이 다니지 않았다. 거리에서 자기 자신이 직접 길을 내며 걸어가면서 예전에는 전혀 느끼지 못했던 자유로움을 느꼈다. 도시의 거리들에서 보도와 차도 사이의 모든 구별이 사라져 버렸고, 자동차들은 통행할 수 없었다. 마르코발도는 걸음을 옮길 때마다 무릎이 푹푹 빠지고 눈이 양말 속으로 들어오는 것을 느꼈지만 마치 주인이 된 것 같았다. 그는 도로 한가운데로 걸어갔고, 화단을 짓밟았고, 금지된 선들을 가로질러 갔고, 지그재그로 나아갔다.

도로와 거리는 마치 산속의 바위들 사이로 난 새하얀 통로들처럼 황량하고 무한하게 펼쳐져 있었다. 그 눈의 덮개 아래 감춰진 도시가 여전히 똑같은 도시인지, 아니면 밤 사이에 다른 도시와 뒤바뀌어 있는지 누가 알겠는가? 그 새하얀 눈 더미들 아래에 휘발유 주유기, 신문 가판대, 전차 정류장이 그대로 있는지, 아니면 단지 눈 무더기만 있는지 누가 알겠는가? 마르코발도는 걸어가면서 다른 도시에서 길을 잃고 헤매는 꿈을 꾸었다. 하지만 그의 발걸음은 정확하게 매일매일 가던 일터의 자기 자리로, 똑같은 창고로 향했다. 문턱을 넘어선 마르코발도는 여전히 똑같은 벽들 사이에 와 있다는 것을 깨닫고 깜짝 놀랐다. 마치 바깥세상을 없애 버린 변화가 단지 그의 회사만 그대로 남겨 둔 것 같았다.

거기에는 그의 키보다 더 큰 눈가래가 그를 기다리고 있었다. 창고 책임자인 빌리젤모 씨는 그에게 눈가래를 내밀면서 말했다. "회사 앞 보도의 눈을 치우는 것이 우리 담당이야. 말하자면 당신 담당이지." 마르코발도는 눈가래를 들고 다시 밖으로 나갔다.

눈 치우기는 장난이 아니었다. 특히 배 속이 텅 빈 사람에게는 더욱 그랬다. 하지만 마르코발도는 눈을 친구로 여겼다. 마치 그의 삶을 가두고 있던 감옥의 벽들을 없애 준 친구 같았다. 그래서 힘을 내서 치우기 시작했고, 보도의 눈을 가래에 가득 담아 도로 한복판으로 쳐냈다.

실업자 시지스몬도 역시 눈에게 감사하는 마음으로 가득 차 있었다. 그날 아침 시청의 제설 작업자로 등록되어 마침내 앞으로 며칠 동안 일자리가 보장되었기 때문이다. 하지만 그의 그런 느낌은 마르코발도처럼 모호한 환상이 아니라, 몇 평방미터의 구역을 치우기 위해서는 정확히 몇 입방미터의 눈을 치워야 하는가 하는 정확한 계산과 연결되어 있었다. 간단히 말해 자신의 작업반장에게 좋은 인상을 주려고 노력해서 경력을 쌓으려는 것이 그의 비밀스러운 야망이었다.

몸을 돌린 시지스몬도는 무엇을 보았는가? 방금 눈을 치운 차도의 구역이 저쪽 보도에서 어떤 녀석이 열심히 치워 내는 무질서한 눈더미에 의해 다시 뒤덮이고 있었다. 그는 화가 머리끝까지 치밀었다. 정신없이 그 녀석에게 달려갔고, 눈이 가득한 가래로 그의 가슴을 겨누고 외쳤다. "이봐, 당신! 당신이 저 눈을 쳐낸 거야?"

"에? 뭐라고?" 마르코발도는 깜짝 놀랐지만 인정했다. "아, 아마 그럴 거요."

"좋아. 지금 당장 당신이 당신 가래로 다시 치워! 아니면 내가 모조리 당신 입에 처넣을 거야."

"하지만 나는 보도를 치워야 해."

"난 도로를 치워야 해. 그래서?"

"그러면 어디로 치우지?"

"당신 시청 소속이야?"

"아니, 스바브 회사."

시지스몬도는 눈을 도로 가장자리에 쌓으라고 가르쳤고, 마르코발도는 그의 구역을 모두 깨끗이 치워 주었다. 만족한 두 사람은 가래를 눈 속에 꽂아 두고 완성한 일을 바라보았다.

"당신, 꽁초 하나 있어?" 시지스몬도가 물었다.

그들이 각자 담배 반 토막에 불을 붙이고 있을 때, 제설차 한 대가 양옆으로 두 개의 커다란 하얀색 파도를 일으키며 도로를 지나갔다. 그날 아침 모든 소리는 단지 스치는 소리 같았다. 두 사람이 눈을 들었을 때 자신들이 깨끗이 치워 놓은 구역이 또다시 눈에 뒤덮여 있었다. "도대체 무슨 일이야? 다시 눈이 내리기 시작했나?" 그들은 하늘을 쳐다보았다. 제설차는 거대한 빗자루를 돌리면서 벌써 모퉁이를 돌아가고 있었다.

마르코발도는 눈을 단단한 벽처럼 쌓는 방법을 배웠다. 만약 계속해서 그렇게 벽들을 쌓는다면 자기 혼자만을 위한 길을 만들 수 있을 것 같았다. 그 길은 오로지 자기만 아는 곳으로 데려갈 것이며, 그 안에서 다른 사람들은 모두 길을 잃을 것이다. 도시를 새로 만들고 집처럼 높은 눈 더미를 쌓아 놓으면 아무도 진짜 집들과 구별할 수 없을 것이다. 아니, 이미 모든 집들이 안이든 밖이든 온통 눈으로 만들어졌는지도 모른다. 기념비, 종탑, 나무 들과 함께 온통 눈으로 만들어진 도시, 눈가래로 쳐서 무너뜨리고 다른 식으로 만들 수 있는 도시가 되어 버린 것 같았다.

보도의 가장자리 한 지점에 이르자 눈 더미가 상당히 많이 쌓여 있었다. 그 눈 더미를 자기가 쌓은 벽과 같은 높이로 만들려던 순간 마르코발도는 그것이 자동차라는 것을 깨달았다. 도시 행정 평의회 의장 알보이노 기사(騎士)의 호화로운 자동차였는데 완전히 눈에 뒤덮여 있었다. 자동차와 눈 더미 사이에 그렇게 차이가 없다는 것을 깨달은 마르코발도는 눈가래로 자동차 모형을 만들기 시작했다. 모형은 잘 만들어졌다. 어느 것이 진짜인지 정말로 구별할 수 없었다. 마르코발도는 눈가래에 걸린 폐품 조각을 활용해 자기 작품에 마지막 손질을 더했다. 우연히 눈에 띈 녹슨 깡통으로 헤드라이트를, 수도꼭지로 차문의 손잡이를 만들었다.

그 순간 알보이노 의장은 문을 나섰고, 수위, 문지기, 사환이 모두 모자를 벗고 인사를 했다. 근시이지만 유능한 그는 단호한 태도로 서둘러 자신의 자동차로 다가갔고, 튀어나온 수도꼭지를 잡아당겼고, 머리를 숙이더니 눈 더미 속으로 목까지 밀어 넣었다.

마르코발도는 이미 모퉁이를 돌아가 빈터의 눈을 치우고 있었다.

빈터에서는 아이들이 눈사람을 만들고 있었다. "코가 없어!" 한 아이가 말했다. "뭘로 만들까? 당근으로 만들자!" 그리고 아이들은 각자 자기 집 부엌으로 달려가 야채들을 뒤졌다.

마르코발도는 눈사람을 바라보았다. '그래, 눈 속에서는 무엇이 눈으로 만들어졌고, 무엇이 눈에 뒤덮여 있는지 구별할 수 없어. 다만 한 가지, 사람만 제외하고 말이야. 왜냐하면 나는 나이고, 바로 여기에 있으니까.'

마르코발도는 그렇게 자기 생각에 몰두하느라 지붕 위에서 두 사람이 외치는 소리를 듣지 못했다. "어이, 이봐요, 저쪽으로 조금 비켜요!" 지붕에서 눈을 아래로 밀어내리는 사람들이었다. 그리고 갑자기 300킬로그램이 넘는 눈이 마르코발도의 머리 위로 쏟아져 내렸다.

아이들은 당근을 전리품처럼 들고 돌아왔다. "와! 눈사람을 또하나 만들었네!" 빈터 한가운데에는 똑같은 눈사람 두 개가 가까이 서 있었다.

"두 개 모두에 코를 만들어 주자!" 아이들은 당근 두 개를 두 개의 눈사람 얼굴에다 밀어 넣었다.

살아 있다기보다 죽은 듯이 서 있던 마르코발도는 자신을 둘러싼 채 얼어붙은 껍질을 뚫고 먹을 것이 들어오는 것을 느꼈다. 그래서 그걸 씹어 먹었다.

"엄마야! 당근이 사라졌어!" 아이들은 깜짝 놀랐다.

그래도 가장 용감한 아이는 용기를 잃지 않았다. 그는 대체용 코를 하나 갖고 있었는데, 고추였다. 아이는 고추를 눈사람에 붙였다. 눈사람은 고추도 삼켜 버렸다.

그러자 아이들은 커다란 숯 한 덩어리로 코를 붙여 보았다. 마르코발도는 숯 덩어리를 힘껏 내뱉었다. "사람 살려! 살아 있다! 눈사람이 살아 있다!" 아이들은 모두 달아났다.

빈터의 한쪽 모퉁이에 있는 쇠창살에서 따뜻한 수증기가 솟아나왔다. 눈에 뒤덮인 마르코발도는 무거운 걸음걸이로 그곳으로 다가갔다. 그의 몸을 덮은 눈이 녹으면서 옷으로 물줄기가 흘러내렸다. 그리고 완전히 젖어 부푼 데다 감기에 걸린 마르코발도가 나타났다.

그는 눈가래를 들었고, 무엇보다도 몸을 덥히기 위해 빈터의 눈을 치우기 시작했다. 재채기가 그의 코끝에 멈추어 간질간질하면서도 밖으로 튀어나오지 않았다. 마르코발도는 눈을 반쯤 감은 채 가래질을 했고, 재채기는 여전히 코끝에 웅크리고 앉아 있었다. 그러다가 갑자기 "이에에에······" 하고 굉음이 울리더니 "······취!" 광산의 폭발음보다 더 큰 소리가 터져 나왔다. 공기의 이동으로 인해 마르코발도는 벽에 부딪쳤다.

그것은 단순한 공기의 이동이 아니었다. 재채기는 정말로 대단한 회오리바람을 일으켰다. 빈터의 모든 눈이 날아올랐고, 강렬한 눈보라처럼 소용돌이쳤고, 위로 빨려 올라가 하늘에서 먼지처럼 흩어졌다.

마르코발도가 정신을 차리고 눈을 뜨자 빈터에는 눈 한 송이 없이 깨끗했다. 그리고 마르코발도의 눈앞에는 예전과 다름없는 빈터, 잿빛 벽들, 창고의 상자들, 거칠고 적대적인 나날의 사물들이 펼쳐졌다.

봄

# 5 벌침 치료

겨울이 가고 그 뒤에는 류머티즘 통증이 남았다. 정오의 가벼운 햇살이 일과를 즐겁게 해 주었고, 마르코발도는 공원 벤치에 앉아 다시 일터로 돌아가기를 기다리며 잠시 동안 새잎들이 돋아나는 것을 바라보았다. 그의 옆에는 누더기 외투 속에 잔뜩 웅크린 자그마한 노인 하나가 와 앉았다. 그 노인은 리치에리 씨로 세상에 홀몸인 연금 생활자였는데, 그도 햇살이 비치는 벤치의 단골이었다. 이따금 리치에리 노인은 몸을 움찔하면서 "아이고!" 하고 비명을 질렀고, 외투 안에서 더욱더 몸을 웅크렸다. 그는 류머티즘, 관절염, 요통을 가득 짊어지고 있었는데, 춥고 습한 겨울 동안 쌓인 그것들은 일 년 내내 따라다니면서 괴롭혔다. 노인을 위로하기 위해 마르코발도는 자신의 류머티즘과 아내의 류머티즘, 그리고 불쌍하게도 건강하게 자라지 못한 큰딸 이솔리나의 류머티즘에서 나타나는 다양한 단계들에 대해 설명했다.

마르코발도는 매일 점심을 신문지에 싸서 가져왔다. 벤치에 앉아 도시락을 펼쳤고, 펼쳐진 신문지 조각을 리치에리 노인에게 내밀었다. 그러면 노인은 기다렸다는 듯이 손을 내밀면서 말했다. "어디 무슨 뉴스가 있는지 보자." 그러고는 일 년 전의 신문인데도 언제나 똑같이 관심을 보이며 읽었다.

그러던 어느 날 신문에서 벌침의 독액으로 류머티즘을 치료하는 방법에 대한 기사를 발견했다.

"아마 벌꿀로 치료하는 것이겠지요." 언제나 낙관적으로 생각하는 마르코발도가 말했다.

리치에리 노인은 말했다. "아니요. 독액이에요. 여기 쓰여 있어요. 벌침의 독액이래요." 그리고 몇 구절 읽어 주었다. 두 사람은 벌에 대해, 벌의 장점과 그 치료에 돈이 얼마 들 것인지에 대해 오랫동안 이야기했다.

그때 이후로 길을 가면서 마르코발도는 모든 붕붕거리는 소리에 귀를 기울였고, 주위에 날아다니는 곤충을 자세히 살펴보았다. 그리하여 커다란 배에 검은색과 노란색 줄무늬가 있는 말벌 한 마리를 관찰한 결과, 말벌이 어느 나무의 구멍 속으로 들어갔고, 또 거기에서 다른 말벌들이 나오는 것을 발견했다. 붕붕거리는 소리, 들락날락하는 말벌들로 보아 나무 둥치 안에는 벌집이 통째로 들어 있는 것이 분명했다. 마르코발도는 곧바로 벌 사냥에 착수했다. 그는 밑바닥에 아직 약간의 잼이 남은 넓적한 유리병을 가져왔다. 그리고 나무 가까이에 열어 두었다. 금세 말벌 한 마리가 주위를 붕붕거리며 날아다니다가 설탕 냄새에 이끌려 안으로 들어갔다. 마르코발도는 재빨리 종이 뚜껑으로 유리병의 입구를 막았다.

그는 리치에리 노인을 만나자마자 말했다. "자, 곧바로 침을 맞게 해 줄게요!" 그리고 성난 말벌이 갇힌 유리병을 보여 주었다.

노인은 망설였다. 하지만 마르코발도는 어떻게 해서든지 실험을 미루고 싶지 않았고, 바로 그 자리, 벤치 위에서 실험해 볼 것을 고집했다. 환자가 옷을 벗을 필요도 없었다. 두려움과 함께 동시에 희망을 갖고 리치에리 노인은 외투, 겉옷, 셔츠의 한쪽 자락을 걷어 올렸고, 구멍 난 속옷 사이로 틈을 만들어 통증이 있는 허리 부분을 드러내 보였다. 마르코발도는 그곳에다 유리병의 입구를 대고 뚜껑 역할을 하고 있던 종이를 빼냈다. 처음에는 아무 일도 일어나지 않았다. 말벌은 꼼짝하지 않았다. 잠이 든 것일까? 마르코발도는 말벌을 깨우기 위해 유리병의 바닥을 두드렸다. 바로 그 순간 원하던 공격이 시작됐다. 말벌은 쏜살같이 날아 리치에리 노인의 허리에 침을 찔렀다. 노인은 비명을 질렀고, 두 다리로 벌떡 일어서더니 쏘인 곳을 문지르고 혼란스런 욕지거리를 한바탕 내뱉으면서, 마치 사열하는 병사처럼 똑바로 걷기 시작했다.

마르코발도는 아주 만족스러웠다. 노인이 전에 그렇게 꼿꼿하고 당당하게 걸었던 적이 전혀 없었다. 그런데 그 근처에서 경찰 한 명이 멈추어 서서 유심히 살펴보고 있었다. 마르코발도는 리치에리 노인의 팔짱을 끼고 휘파람을 불며 거기에서 멀어졌다.

그는 유리병 안에 다른 말벌 한 마리를 잡아 집으로 돌아갔다. 침을 맞도록 아내를 설득하기는 쉬운 일이 아니었지만 결국에는 성공했다. 최소한 잠시 동안 도미틸라는 쏘인 곳이 후끈거린다고 불평했을 뿐이다.

마르코발도는 온통 말벌을 잡는 데 몰두했다. 이솔리나에게도 침을 놓았고, 도미틸라에게는 두 번째 침을 놓았다. 체계적인 치료만이 효력이 있기 때문이었다. 그리고 자신도 침을 맞기로 결정했다. 그러자 언제나 그렇듯이 아이들도 말했다. "아빠, 나도, 나도." 하지만 마르코발도는 매일 필요한 소모량을 충당하기 위해 아이들에게 유리병을 주어 새로운 말벌들을 잡아 오라고 보냈다.

리치에리 노인이 집으로 그를 찾아왔다. 그는 울리코 기사(騎士)라는 다른 노인과 함께 왔는데, 그 노인은 한쪽 다리를 질질 끌었고, 곧바로 치료를 해 주기 원했다.

소문이 퍼졌다. 이제 마르코발도는 체계적으로 일했다. 그러니까 언제나 대여섯 마리의 말벌을 미리 준비해 두었는데, 각각 유리병 안에 담아 선반 위에 진열해 놓았다. 그는 유리병을 주사기처럼 환자의 등에 대고 종이 뚜껑을 빼냈다. 그리고 벌이 침을 쏘면 숙련된 의사처럼 한손으로 알코올에 적신 솜으로 문질렀다. 그의 집은 온 가족이 함께 자는 단칸방이었는데, 임시 칸막이를 쳐서 방을 나누었고, 이쪽은 대기실, 저쪽은 치료실로 사용했다. 대기실에서는 마르코발도의 아내가 손님을 안내하고 돈을 받았다. 아이들은 필요한 벌을 공급하기 위해 빈 유리병을 들고 벌집이 있는 곳으로 달려갔다. 때로는 벌에 쏘이기도 했지만, 건강에 좋다는 것을 안 후로는 울지도 않았다.

"빨리. 어서 유리병을 갖고 가서 최대한 벌을 많이 잡아 와." 마르코발도는 세 남자아이들에게 말했다. 그러면 아이들은 달려갔다.

따스한 햇살이 비치는 날이었다. 벌들이 많이 돌아다니고 있었다. 아이들은 여느 때처럼 벌집이 있는 나무에서 약간 떨어진 곳에서 외따로 고립된 벌들을 겨냥하여 사냥했다. 그런데 그날 미켈리노는 빨리 더 많은 벌을 잡으려고 바로 벌집의 입구 근처에서 잡기 시작했다. "이렇게 하면 돼." 미켈리노는 형제들에게 말했고, 벌이 유리병 위에 내려앉으려는 순간 안으로 몰아넣으려고 했다. 하지만 벌은 매번 날아가 버렸고, 점점 더 벌집에 가까운 곳으로 날아가 앉았다. 이제는 바로 나무 둥치의 구멍 가장자리에 있었고, 미켈리노는 벌 위로 유리병을 덮으려고 했다. 바로 그 순간 다른 두 마리 커다란 말벌이 그의 머리를 쏘려고 돌진해 오는 것을 느꼈다. 아이는 몸을 막았지만 벌침이 쏘는 것을 느꼈고, 고통에 비명을 지르면서 유리병을 떨어뜨렸다. 곧바로 자신이 무슨 일을 저질렀는지 깨닫자 고통도 사라졌다. 유리병은 바로 벌집의 구멍 안으로 떨어졌던 것이다. 더 이상 붕붕거리는 소리도 들리지 않았고, 벌 한 마리 나오지도 않았다. 미켈리노는 비명을 지를 힘조차 없이 한 걸음 뒤로 물러섰다. 바로 그 순간 귀가 먹먹하게 붕붕거리는 소리와 함께 새까맣고 빽빽한 벌 떼 구름이 밖으로 터져 나왔다. 모든 말벌이 격노해서 떼로 몰려 나왔던 것이다!

형제들은 미켈리노가 비명을 지르면서 그렇게 빨리 달려 본 적이 없을 정도로 빠르게 달아나는 것을 보았다. 마치 증기 기관차가 달리는 것 같았고, 게다가 뒤따라가는 구름은 굴뚝에서 나오는 연기 같았다.

그런데 벌 떼에 쫓긴 아이는 어디로 도망갈까? 바로 집으로! 미켈리노도 그랬다.

길을 가던 사람들은 붕붕거리는 소리와 뒤섞인 비명 소리와 함께 쏜살같이 달려가는 사람의 형상과 구름이 무엇인지 미처 깨달을 겨를도 없었다.

마르코발도는 환자들에게 이렇게 말하고 있었다. "잠시만 기다리세요. 이제 곧 벌들이 도착합니다." 바로 그 순간 문이 열리면서 벌떼가 방 안으로 들어왔다. 사람들은 미켈리노가 물이 가득 담긴 대야로 달려가 머리를 처박는 것을 미처 보지 못했다. 방 안은 온통 벌들로 가득했고, 환자들은 벌들을 쫓으려고 헛되이 팔을 휘저었다. 류머티즘 환자들은 경이롭게도 아주 유연하게 몸을 움직였고, 뻣뻣하던 사지는 격노한 움직임으로 자유롭게 풀려 있었다.

　　소방수들이 달려왔고 이어서 적십자 대원들이 왔다. 벌에 쏘여 알아볼 수 없게 퉁퉁 부어오른 마르코발도는 병원 침대에 누워서 병실의 다른 침대에서 손님들이 퍼붓는 욕지거리에 감히 대꾸도 하지 못했다.

여름

# 6 어느 토요일, 태양과 모래와 낮잠

"류머티즘을 치료하려면 이번 여름에 멋진 모래찜질을 하는 것이 좋겠어요." 공제회 보건소의 의사가 말했었다. 그래서 어느 토요일 오후 마르코발도는 강기슭을 샅샅이 살펴보며 햇살이 비치는 마른 모래밭이 있는 곳을 찾아보았다. 하지만 모래가 있는 곳이면 어디든지 녹슨 쇠사슬이 삐걱거리는 소음으로 가득했다. 준설기와 기중기 들이 작업 중이었기 때문이다. 공룡처럼 오래된 기계들이 강바닥을 파헤치고 거대한 국자로 모래를 퍼 올려 버드나무들 사이에 서 있는 건설 회사의 덤프트럭 위에 쏟아부었다. 준설기의 길게 늘어선 양동이들은 똑바로 올라왔다 거꾸로 뒤집힌 채 내려갔고, 기중기들은 기다란 목 위로 펠리컨의 주둥이 같은 삽을 들어 올렸고, 거기에서는 강바닥의 검은 진흙물이 줄줄 흘러내렸다. 마르코발도는 몸을 숙여 모래를 만져 보았고 손으로 쥐어 짓눌러 보았다. 모래는 축축이 젖어 거의 진흙이나 마찬가지였다. 햇빛을 받아 표면에 건조하고 부드러운 껍질이 형성된 곳도 바로 1센티미터 밑에는 축축이 젖어 있었다.

마르코발도는 자기 몸을 모래로 덮는 일을 시키려고 아이들을 데려왔는데, 그애들은 목욕을 하고 싶어 안달이었다. "아빠, 아빠, 물 속에 뛰어들어요! 우리 강에서 헤엄쳐요!"

"너희들 미쳤어? 저기 팻말이 있잖아! '위험. 절대 수영 금지'라고 말이야! 물속에 빠지면 돌멩이처럼 바닥으로 가라앉아!" 그리고 준설기가 바닥을 파낸 곳에는 텅 빈 깔때기 같은 것이 소용돌이나 회오리처럼 강물을 빨아들인다고 설명했다.

"회오리, 아빠, 그 회오리를 보여 줘요!" 아이들은 회오리라는 말에 즐거워했다.

"눈에 보이는 것이 아니야. 너희들이 헤엄치는 동안 너희들 발을 붙잡아서 저 아래로 끌고 가는 거야."

"그럼 저것은 왜 아래로 끌려가지 않아요? 저건 뭐예요? 물고기예요?"

"아니야, 죽은 고양이야." 마르코발도는 설명했다. "배 속에 물이 가득 차서 둥둥 떠 있는 거야."

"회오리는 고양이 꼬리를 잡아당겨요?" 미켈리노가 물었다.

잡초가 우거진 강기슭 사면의 어느 지점에 이르자 평평하고 널찍한 빈터가 펼쳐져 있었고, 거기에는 커다란 체가 설치되어 있었다. 모래 채취 인부 두 사람이 한 무더기의 모래를 삽으로 퍼서 체로 쳤고, 이어서 체로 친 모래를 마찬가지로 삽으로 퍼서 검은색의 나지막한 배에다 실었다. 배는 일종의 바지선으로 버드나무에 묶여 그 옆에 떠 있었다. 수염이 더부룩한 두 인부는 뜨거운 태양 아래서 일했는데, 모자와 웃옷은 완전히 누더기에 곰팡이가 피었고, 무릎 근처에서 너덜너덜 떨어져 나간 바지는 헐벗은 다리와 발을 드러냈다.

며칠 동안 햇볕에 바짝 마른 그 모래 더미, 바닷가 모래처럼 깨끗하고 체로 찌꺼기를 쳐내 고운 모래 더미에서 마르코발도는 바로 자신에게 필요한 것을 발견했다. 하지만 너무 늦게 찾아냈다. 인부들은 벌써 모래를 실어 가기 위해 그 바지선에 쌓아올리고 있었던 것이다…….

아니다. 아직 늦지 않았다. 모래 짐을 다 실은 인부들은 커다란 포도주 병을 들고 서로 번갈아 가며 두어 번 벌컥벌컥 들이켰고, 포플러나무 그늘 아래 길게 드러누워서 가장 뜨거운 시간을 보내려고 했다.

'저 사람들이 저기에서 잠자는 동안 나는 모래 더미에 누워 찜질을 할 수 있을 거야!' 마르코발도는 생각했다. 그리고 아이들에게 낮은 목소리로 명령했다. "빨리, 나를 도와다오!"

그는 바지선 위로 뛰어올라 갔고, 셔츠와 바지, 신발을 벗고 모래 속으로 들어갔다. 그리고 아이들에게 말했다. "빨리 나를 덮어라! 저 삽으로! 아니, 머리는 덮지 마! 숨을 쉬어야 하니까 머리는 밖에 나와 있어야 해! 나머지를 모두 덮어!"

아이들에게는 마치 모래성을 쌓는 것 같았다. "우리 모양 만들기 놀이 할까? 아니야, 방벽이 있는 성을 쌓자! 아니, 그보다는 공이 굴러가는 길이 잘 만들어질 거야!"

"자, 이제 가거라!" 마르코발도는 모래 무덤 속에서 화를 냈다. "먼저 종이 모자를 내 얼굴과 눈에다 씌워 다오. 그리고 강가로 뛰어 내려가 멀리 가서 놀아라. 그러지 않으면 인부들이 깨어나서 나를 쫓아낸단 말이야."

"우리가 강가에서 밧줄을 잡아당겨 배를 태워 줄게요." 필리페토가 제안했다. 그리고 벌써 계류 밧줄을 반쯤 풀었다. 마르코발도는 꼼짝하지 않고 입과 눈만 찡그리며 아이들을 꾸짖었다. "만약 너희들이 여기서 계속 얼쩡거리는 바람에 나까지 여기에서 나가게 되면, 저 삽으로 두들겨 팰 거야!" 아이들은 달아나 버렸다.

햇볕은 화살처럼 내리쪼였고, 모래는 뜨겁게 달아올랐다. 마르코발도는 종이 모자 아래에서 땀을 비 오듯 흘렸고, 꼼짝하지 않고 익어 가는 고통 속에서도 힘든 치료나 쓴 약들이 주는 만족감을 느끼고 있었다. 힘들수록 몸에 좋은 증거라고 그는 생각했다.

가벼운 물결의 흔들림에 그는 잠이 들었다. 물결은 계류 밧줄을 약간 잡아당겼다가 약간 늦추었다 했다. 그렇게 당겼다 늦추었다 하는 동안, 필리페토가 이미 반쯤 풀어 놓은 매듭이 완전히 풀려 버렸다. 그리고 모래로 가득한 바지선은 강을 따라 자유롭게 흘러내려 갔다.

오후의 가장 뜨거운 시간이었다. 모든 것이 잠들어 있었다. 모래 안에 파묻힌 사람, 작은 부두의 담쟁이 덩굴로 뒤덮인 정자, 텅 빈 다리들, 제방 너머로 보이는 덧창문을 내린 집들도 잠들어 있었다. 강물은 낮았지만 물결에 밀려가는 바지선은 이따금 나타나는 진흙 무더기를 잘 피했다. 아니면 바닥에 가볍게 부딪치고는 보다 깊은 강물 쪽으로 흘러갔다.

그런 부딪침들 중 하나에 마르코발도는 눈을 떴다. 태양이 가득한 하늘에 여름날의 낮은 구름이 지나가는 것을 보았다. 그는 구름을 보며 생각했다. '정말 잘 흘러가는구나. 그런데도 바람 한 점 없다고 말하다니!' 그런 다음 전깃줄을 보았는데, 전깃줄도 구름처럼 흘러가고 있었다. 몸 위에 쌓인 100킬로그램의 모래가 허용하는 만큼 시선을 옆으로 돌려 보았다. 오른쪽 기슭은 녹색으로 멀리 떨어져서 흘러가고 있었다. 잿빛으로 역시 멀리 떨어져 있는 왼쪽 기슭도 흘러가고 있었다. 그는 강 한가운데에서 떠내려가고 있다는 것을 깨달았다. 아무도 대답하지 않았다. 그는 혼자였고, 노도, 키도 없이 표류하는 모래 바지선에 파묻혀 있었다. 그는 일어나서 배를 정박시키거나 도움을 청해야 한다는 것을 알았다. 하지만 동시에 모래찜질은 절대 움직이지 않아야 한다는 생각이 떠올랐으며, 따라서 치료의 귀중한 순간을 놓치지 않으려면 가능한 한 꼼짝하지 않고 있어야 한다고 생각했다.

그 순간 다리가 보였다. 다리의 난간들을 장식한 동상과 가로등, 하늘을 가로지르는 방대한 아치에서 마르코발도는 그게 어느 다리인지 알아보았다. 그렇게 멀리까지 왔을 것이라고 생각하지 못했다. 그리고 둥그스름한 다리 아래의 그늘진 곳으로 들어가는 동안 그는 폭포가 생각났다. 다리를 지나 100여 미터만 내려가면 강바닥이 푹 꺼져 있었다. 바지선은 폭포를 따라 아래로 곤두박질할 것이고, 자신은 모래와 강물, 바지선에 파묻혀 살아날 가능성이 없을 것이다. 하지만 바로 그 순간에도 마르코발도의 가장 큰 고민은 모래찜질의 훌륭한 효과가 순식간에 사라지게 되리라는 것이었다.

그는 추락을 기다렸다. 그리고 추락했다. 하지만 쿵 하고 부딪치면서 아래에서 위로 날아오르는 것이었다. 급류의 가장자리에는 그 무렵 강물이 줄어들면서 진흙 더미들이 쌓여 있었다. 어떤 곳에는 빈약한 갈대와 잡초 덤불이 녹색으로 뒤덮여 있기도 했다. 바지선의 평평한 밑바닥 전체가 진흙 더미에 처박혔고, 그 탓에 배에 가득 실린 모래와 그 안에 파묻힌 사람이 한꺼번에 허공으로 튀어 오르게 되었다. 마르코발도는 투석기로 쏘아 올린 것처럼 허공으로 날아갔고, 그 순간 자기 아래의 강을 바라보았다. 아니, 강물은 전혀 보이지 않았고, 강을 가득 메운 수많은 사람들의 바글거림만 보였다.

토요일 오후 물놀이하려고 모여든 엄청난 군중이 강의 그 구역, 강물이 배꼽까지 닿는 곳에 빽빽이 들어차 있었다. 전교생이 다 모인 것처럼 와자지껄 물장구치는 아이, 뚱뚱한 여자, 죽은 듯이 물 위에 떠 있는 남자, 비키니 차림 아가씨, 씨름을 하며 힘자랑하는 젊은이, 돗자리, 비치볼, 구명정, 자동차 타이어 튜브, 노가 달린 보트, 카약, 긴 장대가 달린 보트, 고무 카누, 모터보트, 인명 구조용 보트, 요트 클럽의 요트, 그물로 물고기를 잡는 어부, 낚시꾼, 양산을 쓴 할머니, 밀짚모자를 쓴 아가씨, 그리고 수많은 개, 애완용 털북숭이에서 세인트버나드까지 수많은 개들이 빽빽이 들어차 있었고, 그래서 강 전체에서 1센티미터의 강물도 보이지 않을 정도였다. 그리고 마르코발도는 허공을 날아가면서 자신이 고무 매트리스에 떨어질지, 아니면 점잖은 중년 부인의 두 팔 안에 떨어질지 알 수 없었다. 하지만 한 가지는 확실했다. 그러니까 물은 절대 한 방울도 스치지 않으리라는 것 말이다.

가을

# 7 도시락

'도시락'이라고 일컫는 그 둥글고 납작한 그릇의 즐거움은 무엇보다 뚜껑을 돌려서 열 수 있다는 데 있다. 뚜껑을 돌려 여는 동작이 이미 입안에 침이 고이게 만든다. 예를 들어 매일 아침 아내가 준비해 주는 도시락 안에 무엇이 들어 있는지 아직 모를 경우에 특히 그렇다. 뚜껑을 열고 나면 짓눌린 음식이 보인다. 살라미 소시지와 렌즈콩, 또는 삶은 달걀과 사탕무, 아니면 옥수수 죽과 대구, 이 모든 것이 마치 지구의 지도에 그려진 대륙과 바다처럼 그 영역 안에 잘 배치되어 있다. 그리고 비록 보잘것없는 것이지만 무언가 실질적이고 치밀한 것 같은 효과를 준다. 또한 뚜껑은 접시로 사용할 수 있으며, 따라서 그릇이 두 개가 되어 내용물을 나눌 수 있다.

막일 노동자 마르코발도는 점심시간에 집으로 돌아가는 대신 도시락을 먹게 된 다음부터 도시락의 뚜껑을 돌려 열고 재빨리 냄새를 맡아 본 뒤에야 보자기에 싸서 언제나 호주머니에 넣고 다니는 포크를 꺼냈다. 처음 몇 번의 포크질은 그 무감각하던 음식을 약간 일깨우는 데 도움이 되어, 벌써 몇 시간 동안 그 안에 웅크리고 있던 음식에 마치 방금 식탁 위에 제공된 요리 같은 매력과 중요성이 더해졌다. 음식이 그리 많지 않다는 것을 안 마르코발도는 이렇게 생각한다. '천천히 먹는 것이 좋겠어.' 하지만 벌써 포크에 가득한 음식을 굶주린 듯이 빠른 속도로 입으로 가져간다.

처음 느끼는 맛은 차가운 음식을 먹는다는 쓸쓸함이지만, 가족 식탁에서 맛보는 음식이 특별한 배경으로 옮겨졌다는 것을 의식하면 곧바로 즐거움이 시작된다. 이제 마르코발도는 천천히 씹기 시작한다. 그는 자기 일터에서 가까운 길가의 벤치에 앉아 먹었다. 그의 집은 멀었고 정오에 집으로 가려면 시간도 많이 걸렸고 전차 차비도 내야 하는 터라 그는 일부러 구입한 도시락에다 점심을 싸서 가져왔고, 지나가는 사람들을 바라보면서 야외에서 먹었다. 그리고 분수대에 가서 물을 마셨다. 가을날 햇살이 비칠 때면 양지바른 곳을 찾아가 앉았다. 나무에서 떨어지는 밝고 울긋불긋한 나뭇잎들은 그에게 냅킨 역할을 했다. 살라미 소시지의 껍질은 떠돌이 개들이 차지했고, 개들은 곧바로 그의 친구가 되었다. 그리고 빵 부스러기들은 거리에 아무도 지나가지 않을 때 참새들이 쪼아 먹었다.

마르코발도는 점심을 먹으며 생각했다. '왜 아내의 음식을 여기에서 맛보면 더욱 즐거운 것일까? 집에서는 싸우는 소리, 우는 소리, 대화마다 튀어나오는 빚 이야기 사이에서 전혀 맛볼 수 없는데.' 그런 다음 생각했다. '이제 기억나는데, 이건 어제저녁에 먹다 남은 음식이잖아?' 그러면 다시 불만이 그를 사로잡았다. 아마도 차갑고 약간 맛이 변한 찌꺼기 음식을 먹어야 하기 때문이거나, 아니면 도시락의 알

루미늄이 음식에 금속성 맛이 나게 하기 때문이었는지도 모른다. 하지만 그의 머릿속에 맴도는 생각은 이런 것이었다. '맞아. 도미틸라를 생각만 해도 이렇게 멀리서도 음식 맛이 떨어지는 모양이야.'

그런 생각을 하는 동안 점심이 거의 끝나 간다는 것을 깨닫곤 했다. 그러면 또다시 그 음식이 어딘가 매우 특별하고 귀한 것처럼 보였다. 그리고 도시락 바닥에 남은 마지막 음식을, 금속성 맛이 더 많이 나는 음식을 소중하게 열광적으로 먹었다. 그러고 나서 기름기 묻은 텅 빈 도시락을 바라보면 또다시 쓸쓸함에 사로잡히곤 했다.

그러면 마르코발도는 모든 것을 싸서 호주머니 안에 집어넣고 일어섰다. 일터로 돌아가기에는 아직 시간이 남아 있었고, 겉옷의 커다란 주머니 안에서는 포크와 나이프가 북처럼 빈 도시락에 부딪쳐 소리를 냈다. 마르코발도는 포도주 가게로 가서 가장자리까지 가득 한 잔 따라달라고 하거나, 아니면 카페로 가서 커피 한 잔을 홀짝거렸다. 그리고 유리 진열장의 케이크와 과자, 사탕과 누가 상자를 바라보았고, 그것을 먹고 싶은 것은 사실이 아니라고, 정말로 아무것도 원하지 않는다고 자신을 설득했다. 그리고 먹고 싶은 욕망이 아니라 시간을 속이고 싶다는 것을 자신에게 설득하기 위해 잠시 동안 축구 게임 놀이판을 바라보았다. 다시 거리로 나왔다. 전차들은 다시 사람들로 붐볐고, 일터로 돌아갈 시간이 다가왔다. 그는 일터로 향했다.

아내 도미틸라는 나름대로 이유가 있었겠지만 엄청나게 많은 양의 소시지를 구입했다. 그리고 사흘 내내 마르코발도는 저녁 식사로 소시지와 무만 먹게 되었다. 그런데 그 소시지는 개고기로 만들어졌는지 냄새만 맡아도 식욕이 달아나게 만들었다. 그리고 무로 말하자면, 그 창백하고 모호한 무는 마르코발도가 견딜 수 없어 하는 유일한 채소였다.

점심에도 마찬가지였다. 그 소시지와 무는 차갑고 기름진 모습으로 도시락 안에 들어 있었다. 언제나 그렇듯이 건망증이 심한 마르코발도는 어제저녁에 먹은 것을 기억하지 못하고 호기심에 식욕과 함께 뚜껑을 돌려 열었다. 그리고 또 똑같은 실망감에 빠졌다. 나흘째 되는 날 그는 그 안에 포크를 찔러 넣고 다시 한 번 냄새를 맡아 본 다음 벤치에서 일어났다. 그리고 뚜껑이 열린 도시락을 손에 받쳐 들고 멍하니 길거리를 걷기 시작했다. 한 손에 포크를 들고, 다른 한 손에 소시지가 담긴 도시락을 든 채 마치 첫 포크의 소시지를 입으로 가져갈지 망설이는 것처럼 보이는 그를 지나가는 사람들이 바라보았다.

어느 집 창문에서 한 어린아이가 말했다. "여기요, 이봐요, 아저씨!"

마르코발도는 눈을 들어 바라보았다. 어느 부유한 저택의 높다란 창가에서 한 어린아이가 창턱에 팔꿈치를 기대고 서 있었다. 창턱 위에는 음식 접시가 놓여 있었다.

"저기요, 이봐요, 아저씨! 아저씨는 뭘 먹어요?"

"소시지와 무야!"

"행복하겠어요!" 아이는 말했다.

"음……." 마르코발도는 모호하게 말했다.

"생각해 보세요. 저는 골 튀김 요리를 먹어야 해요……."

마르코발도는 창턱 위의 접시를 바라보았다. 마치 구름처럼 곱슬곱슬하고 부드러운 골 튀김이 담겨 있었다. 그의 콧구멍이 부르르 떨렸다.

"왜? 너는 골 튀김이 싫어⋯⋯?"

"싫어요. 이걸 먹지 않으려 한다고 그 벌로 나를 여기 가두었어요. 하지만 나는 창밖으로 던져 버릴 거예요."

"그러면 너 소시지는 좋아하니⋯⋯?"

"오, 좋아해요. 뱀처럼 생겼네요⋯⋯. 우리 집에서는 전혀 먹지 않아요⋯⋯."

"그럼 네 음식을 나에게 다오. 내 것을 너에게 줄게."

"만세!" 아이는 아주 만족해 했다. 마르코발도에게 자신의 마요르카 산 도자기 접시와 화려한 장식의 은제 포크를 내밀었고, 마르코발도는 아이에게 도시락과 주석 포크를 주었다.

그렇게 두 사람은 함께 먹기 시작했다. 아이는 창턱에서, 마르코발도는 그 맞은편 벤치에 앉아 먹었다. 두 사람 모두 입술을 핥으면서, 그렇게 맛있는 음식은 전혀 맛본 적이 없다고 말하면서 먹었다.

그런데 아이의 등 뒤로 두 손을 옆구리에 걸친 가정부가 나타났다.

"오, 도련님! 세상에! 뭘 먹고 있어요?"

"소시지야!" 아이는 말했다.

"누가 그걸 주었죠?"

"저기 저 아저씨가." 아이는 마르코발도를 가리켰다. 마르코발도는 입에 가득 든 골 요리를 음미하며 천천히 씹다가 멈췄다.

"내버려요! 아, 이 냄새! 당장 내버려요!"

"맛있는데⋯⋯."

"도련님 접시는 어디 있어요? 포크는요?"

"저기 아저씨가 갖고 있어⋯⋯." 아이는 다시 마르코발도를 가리켰다. 마르코발도는 한 입 베어 먹은 골 튀김을 꽂은 포크를 허공에 들고 있었다.

그러자 가정부는 소리치기 시작했다. "도둑이야! 도둑이야! 저 포크!"

마르코발도는 일어났다. 반쯤 남은 골 튀김을 잠시 동안 바라보았고, 창문으로 다가갔다. 그는 창턱 위에다 접시와 포크를 내려놓았고, 경멸적인 시선으로 가정부를 노려보다가 물러났다. 도시락이 보도 위에 내동댕이쳐지는 소리와 아이의 울음소리, 창문이 버릇없이 쾅 하고 닫히는 소리가 들려왔다. 그는 몸을 숙여 도시락과 뚜껑을 집어 들었다. 약간 찌그러져 뚜껑이 잘 닫히지 않았다. 그는 모든 것을 호주머니에 집어넣고 일터로 돌아갔다.

겨울

# 8  고속도로의 숲

추위는 수천 가지 형태와 방식으로 세상 속에서 움직인다. 바다에서는 야생마 무리처럼 달려가고, 들판에서는 메뚜기 떼처럼 휩쓸고 지나가고, 도시에서는 날카로운 칼날처럼 길거리를 난도질하면서 난방이 되지 않은 집들의 틈 사이로 꿰뚫고 지나간다. 마르코발도의 집에서는 그날 저녁 마지막 땔감 나무도 바닥났다. 식구들은 모두 외투를 뒤집어쓴 채 난로에서 잿불이 창백하게 사위어 가는 것을 바라보았고, 입에서는 숨을 쉴 때마다 입김이 뭉게구름처럼 솟아올랐다. 더 이상 아무 말도 없었다. 입김 구름이 그들을 대신하여 이야기했다. 아내는 한숨처럼 아주 길게 입김을 토해 냈고, 아이들은 생각에 잠겨 비눗방울 같은 입김을 내뿜었고, 마르코발도는 마치 영감이 반짝 빛났다가 곧바로 사라지는 것처럼 돌발적으로 입김을 위로 내뿜었다.

마침내 마르코발도는 결단을 내렸다. "땔나무를 구하러 가야겠어. 혹시 땔감을 찾을지도 모르지." 차가운 바람을 막기 위해 셔츠와 외투 사이에다 신문지 너덧 장을 밀어 넣었고, 외투 아래에다 긴 톱을 감추었다. 그리고 희망에 찬 가족의 기다란 시선을 뒤로 받으며 어둠 속으로 나갔다. 걸음을 옮길 때마다 신문지가 부스럭거리는 소리가 들렸고, 외투 자락에서 이따금 톱이 불쑥 삐져나오곤 했다.

도시에서 땔나무를 구하러 가다니, 말은 쉬웠다! 마르코발도는 곧바로 두 개의 도로 사이에 있는 조그마한 공원으로 향했다. 이빨이 부딪치게 덜덜 떨며 자신을 기다리는 가족을 생각하면서 그는 헐벗은 나무들을 하나하나 살펴보았다.

어린 아들 미켈리노는 이빨을 덜덜 부딪치면서 학교의 조그마한 도서관에서 빌려 온 동화책을 읽고 있었다. 나무꾼의 아들인 어느 어린이가 나무를 하러 도끼를 들고 숲 속으로 가는 이야기였다. "맞아. 어디로 가야 하는지 알겠어. 숲으로 가야 해! 거기에 땔나무가 있어!" 미켈리노는 말했다. 도시에서 태어나 자란 미켈리노는 숲을 멀리에서도 본 적이 없었다.

미켈리노는 동생들과 계획을 짰다. 하나는 도끼를 들고, 다른 하나는 갈고리를, 또 다른 하나는 밧줄을 들고 엄마에게 인사를 한 다음 숲을 찾아 나섰다.

아이들은 가로등이 비치는 도시를 가로질러 걸어갔는데 집들밖에 보이지 않았다. 숲이라곤 그림자도 보이지 않았다. 이따금 지나가는 행인을 만났지만, 숲이 어디 있는지 감히 물어보지 못했다. 그렇게 아이들은 도시의 집들이 없어지고 도로가 고속도로로 바뀌는 곳에 이르렀다.

고속도로 양옆에서 아이들은 숲을 발견했다. 이상하게 생긴 나무들이 빽빽하게 자라나 들판의 시야를 가로막고 있었다. 그 이상한 나무들의 몸통 줄기는 아주 가늘었고, 똑바르거나 비스듬하게 뻗어 있었다. 또한 자동차가 지나가면서 헤드라이트로 비추는 것을 보니, 잎들의 무더기는 납작하고 널찍했으며, 아주 이상한 형태와 아주 다채로운 색깔이었다. 나뭇가지들은 치약, 사람 얼굴, 치즈, 손, 면도기, 술병, 젖소, 타이어 등의 형태를 띠고 있었고, 알파벳 문자 모양의 잎사귀들이 사방에 붙어 있었다.

"만세! 저것이 숲이야!" 미켈리노가 말했다.

어린 동생들은 마법에 홀린 듯이 그 이상한 그림자들 사이로 솟아오르는 달을 바라보았다. "정말 멋있다……."

미켈리노는 동생들에게 자신들이 거기에 온 목적, 즉 땔나무를 구하러 왔다는 사실을 일깨워 주었다. 그래서 아이들은 노란 앵초꽃 모양의 작은 나무 하나를 쓰러뜨렸고, 그것을 조각내어 집으로 가져 갔다.

마르코발도는 젖은 나뭇가지 몇 개를 들고 초라하게 집으로 돌아왔는데, 난로에 불이 지펴져 있는 것을 발견했다.

"너희들 어디에서 그것을 가져왔어?" 그는 광고판의 나머지 조각들을 가리키며 소리쳤다. 합판으로 만들어진 나무 조각들은 아주 빨리 불타 버렸다.

"숲에서요!" 아이들은 대답했다.

"어떤 숲?"

"고속도로의 숲이요! 거기에 가득 있어요!"

그것은 너무나도 간단한 일이었고, 게다가 또다시 땔나무가 필요했기 때문에, 아이들이 보여 준 시범을 따르기로 했다. 마르코발도는 톱을 들고 다시 밖으로 나갔고 고속도로로 갔다.

도로 순찰대의 아스톨포 경찰관은 약간 시력이 좋지 않았고, 밤에 오토바이를 타고 순찰을 돌 때에는 안경을 써야 했다. 하지만 승진에 방해가 될지 모른다는 두려움에 그런 사실을 감추었다.

그날 밤 고속도로에서 한 무리의 장난꾸러기들이 광고판을 쓰러뜨리고 있다는 신고가 들어왔다. 아스톨포는 순찰을 하기 위해 출발했다.

도로 양옆에서는 무엇인가를 경고하거나 몸짓으로 보여 주는 이상한 형상의 숲이 아스톨포와 함께 달렸다. 그는 근시 눈을 잔뜩 찡그리고 광고판을 하나하나 살펴보았다. 그러다가 오토바이의 헤드라이트 불빛에 비추어 장난꾸러기 하나가 광고판 위에 기어 올라가 있는 것을 발견했다. 아스톨포는 멈추었다. "이봐, 너! 거기에서 뭐 하는 거야! 당장 뛰어 내려와!" 장난꾸러기는 꼼짝하지 않았고 그에게 혀를 내밀어 보이고 있었다. 아스톨포는 가까이 다가갔고, 그것이 치즈 광고이며 통통한 어린아이가 입술을 핥고 있는 것을 보았다. "아, 그렇군." 아스톨포는 말했고, 다시 전속력으로 떠났다.

잠시 후 커다란 광고판의 그림자 속에서 어느 깜짝 놀란 슬픈 얼굴이 보였다. "거기 꼼짝 마! 도망칠 생각 하지 마라!" 하지만 아무도 도망치지 않았다. 그것은 티눈이 가득한 발 한가운데에 그려진 어느 고통스러운 표정의 얼굴이었다. 바로 티눈 연고 광고판이었다. "오, 미안해요." 아스톨포는 말했고, 다시 달렸다.

어느 두통약 광고판에는 고통으로 눈에 손을 대고 있는 사람의 거대한 머리가 그려져 있었다. 아스톨포는 옆으로 지나갔고, 헤드라이트는 그 꼭대기에 기어 올라가 톱으로 한 조각 잘라 내고 있던 마르코발도를 비추었다. 불빛에 눈이 부신 마르코발도는 몸을 잔뜩 웅크렸고, 벌써 이마 중간까지 썰고 있던 톱과 함께 그 거대한 머리의 한쪽 귀에 들러붙어 꼼짝하지 않고 있었다.

아스톨포는 자세히 살펴보더니 말했다. "아하, 그래. '스타파' 두통약이군! 효율적인 광고야! 멋진 아이디어고! 저 위에 톱을 들고 있는 조그마한 사람은 머리를 둘로 쪼갤 것 같은 두통을 의미하는군! 나는 바로 알아보았지!" 그리고는 만족한 듯 다시 떠났다.

모든 것이 정적 속에 얼어붙어 있었다. 마르코발도는 안도의 한숨을 내쉬었고, 불편한 발판 위에서 자세를 바로잡고 다시 일하기 시작했다. 달빛이 비치는 하늘 위로 나무를 써는 톱날의 숨죽인 삐걱거림이 울려 퍼졌다.

# 봄

## 9  좋은 공기

"이 아이들은 어느 정도 높은 곳에 올라가 좋은 공기를 호흡하고, 풀밭에서 뛰어다닐 필요가 있어요⋯⋯." 공제회 보건소의 의사가 말했다.

의사는 마르코발도의 가족이 거주하는 반지하방 침대 사이에 있었고, 어린 딸 테레사의 등을, 깃털 없는 작은 새의 날개처럼 앙상한 견갑골 사이를 청진기로 진찰하고 있었다. 침대는 두 개였고, 모두 병에 걸린 네 명의 아이들은 침대 머리맡과 발치에서 고개를 내밀고 있었다. 아이들의 뺨은 열로 달아올랐고 눈은 반짝거렸다.

"광장의 화단 같은 풀밭이요?" 미켈리노가 물었다.

"빌딩처럼 높은 곳이요?" 필리페토가 물었다.

"먹기에 좋은 공기예요?" 피에트루초가 물었다.

키가 크고 야윈 마르코발도와 키가 작고 통통한 아내 도미틸라는 망가진 서랍장 양옆에다 한쪽 팔꿈치를 기대고 있었다. 두 사람은 팔꿈치를 움직이지도 않은 채 다른 팔을 들어 올렸다가 힘없이 다시 내리고는 옆구리에 대고 동시에 투덜거렸다. "빚에 쪼들리는 우리 여덟 식구가 어디로 간단 말이야? 어떻게 해야 한단 말이야?"

"우리가 아이들을 보낼 수 있는 가장 좋은 곳은 길거리뿐이야." 마르코발도는 말했다.

"우리가 이 집에서 쫓겨나 길거리에서 잠을 자게 되면 좋은 공기를 마시게 되겠군." 도미틸라가 말했다.

어느 토요일 오후 아이들의 병이 낫자마자 마르코발도는 아이들을 데리고 언덕으로 산책을 하러 갔다. 그들이 거주하는 도시의 구역은 언덕에서 아주 멀리 떨어져 있었다. 언덕 경사면까지 가기 위해 승객들이 빽빽한 전차를 타고 한참 동안 갔고, 아이들은 주위에 선 승객들의 다리밖에 볼 수 없었다. 그러다 조금씩 전차가 비어 갔고, 마침내 탁 트인 창문으로 오르막길이 나타났다. 그렇게 그들은 전차의 종점에 도착해 걷기 시작했다.

바야흐로 봄이었다. 나무들은 따스한 햇살을 받아 꽃을 피우고 있었다. 아이들은 약간 당황한 표정으로 주위를 둘러보았다. 마르코발도는 아이들을 데리고 계단으로 된 길을 따라 녹음 사이로 올라갔다.

"위에 집도 없는데 왜 계단이 있어요?" 미켈리노가 물었다.

"집으로 올라가는 계단이 아니야. 그냥 길 같은 것이야."

"그냥 길이라니……. 그럼 자동차는 어떻게 계단을 올라가요?"

주위에는 정원을 둘러싼 담들이, 그 안에는 나무들이 있었다.

"지붕 없이 벽만 있어요……. 폭격을 한 것이에요?"

"정원이야……. 일종의 뜰과 같은 것이지." 마르코발도는 설명했다. "집은 저 안에 있어. 저 나무들 뒤에 말이야."

미켈리노는 알 수 없다는 듯이 고개를 가로저었다. "하지만 뜰은 집 안에 있는 것이지 밖에 있지 않아요."

이번에는 테레사가 물었다. "이 집들 안에는 나무들이 살고 있어요?"

조금씩 위로 올라가면서 마르코발도는 하루에 여덟 시간씩 상자를 옮기는 창고의 곰팡이 냄새를 떨쳐 버리는 것 같았고, 자기 집 벽의 습기 찬 얼룩, 조그만 창문 곁 전등 갓에 내려앉은 노란 먼지, 밤이면 엄습하는 기침을 떨쳐 버리는 것 같았다. 이제 아이들도 벌써 그 햇살과 녹음에 동화된 것처럼 덜 병약하고 덜 노랗게 보였다.

"너희들 여기가 좋아? 그렇지?"

"네."

"왜 좋아?"

"경찰들이 없어요. 나무도 꺾고, 돌멩이도 던질 수 있어요."

"그럼 숨 쉬기는 어때? 숨 쉬기가 좋지?"

"아니요."

"여긴 공기가 좋아."

아이들은 공기를 씹어 보았다. "아니에요. 아무런 맛도 나지 않는걸요."

그들은 거의 언덕 꼭대기까지 올라갔다. 길이 굽이진 곳에 이르자 거미줄 같은 잿빛 도로들 위로 윤곽 없이 펼쳐진·도시가 보였다. 아이들은 지금까지 살면서 다른 일은 전혀 모르는 것처럼 신나게 풀밭 위에서 뒹굴었다. 한 줄기 바람이 불어왔다. 벌써 저녁이었다. 도시에서는 불빛 몇 개가 켜졌고 혼란스럽게 반짝였다. 마르코발도는 젊은 시절 도시에 도착했을 때의 느낌이 파도처럼 다시 밀려오는 것을 느꼈다. 당시에는 마치 무엇인가를 기다리는 것처럼 저 거리들, 저 불빛들에 매료되었다. 하늘에서는 제비들이 머리를 아래로 한 채 도시 위로 곤두박질하고 있었다.

그러자 저 아래로 다시 돌아가야 한다는 슬픔이 그를 사로잡았다. 그는 뒤죽박죽 뒤엉킨 풍경에서 자기가 사는 구역의 그림자를 찾아냈다. 빽빽한 비늘 같은 지붕과 공장 굴뚝에서 뿜어져 나오는 시커먼 연기에 뒤덮인 그곳은 무거운 납처럼 고여 있는 늪 같았다.

바람이 서늘해졌다. 이제 아이들을 불러 모아야 할 것 같았다. 하지만 아이들이 나지막한 나뭇가지에 매달려 평온하게 흔들거리는 모습을 보고는 그런 생각을 떨쳐 버렸다. 미켈리노가 가까이 다가오더니 물었다. "아빠, 우리 여기에 와서 살면 어때요?"

"에이, 멍청한 소리 하지 마. 여기에는 집도 없고, 아무도 살지 않아!" 마르코발도는 벌컥 화를 내며 말했다. 바로 자신이 이 위에 사는 공상을 하고 있었기 때문이다.

미켈리노가 다시 말했다. "아무도 살지 않는다고요? 그럼 저 사람들은 누구예요? 보세요!"

하늘은 잿빛으로 물들었고 저 아래 풀밭에서 사람들 한 무리가 올라왔다. 나이는 서로 달라 보였지만 모두 똑같이 파자마처럼 온몸을 둘러싼 무거운 잿빛 옷을 입고, 모두 모자를 쓰고 지팡이를 들었다. 그들은 무리를 지어 올라왔으며, 일부는 커다란 목소리로 이야기하거나 웃었고, 지팡이로 풀밭 속을 가리키거나 구부정한 손잡이를 팔에 걸친 채 질질 끌면서 왔다.

"저 사람들은 누구예요? 어디로 가고 있어요?" 미켈리노가 물었지만, 마르코발도는 말없이 그들을 바라보았다.

그들 중 한 명이 곁으로 지나갔는데, 뚱뚱한 사십 대 남자였다. 그가 말했다. "안녕하세요? 그래, 도시에서 어떤 좋은 소식을 가져온 거요?"

"안녕하세요? 그런데 어떤 소식을 말하는 겁니까?" 마르코발도가 대답했다.

"아무것도 아니에요. 그냥 말해 본 겁니다." 남자는 걸음을 멈추고 말했다. 그의 얼굴은 넓적하고 창백했지만 뺨 끝에 그림자처럼 빨간색 또는 장밋빛 얼룩이 있었다. "도시에서 오는 사람에게 나는 언제나 그렇게 묻는다오. 나는 삼 개월 전부터 여기에 올라와 있지요. 이해해 주시기 바랍니다."

"그럼 도시에는 전혀 내려가지 않나요?"

"글쎄요. 의사가 좋다고 할 때 가겠지요!" 그는 짧게 웃었다. "여기 이것이 좋다고 할 때 말입니다!" 그는 손가락으로 자기 가슴을 두드렸다. 그러고는 약간 숨을 헐떡이면서 또다시 짧게 웃었다. "벌써 두 번이나 의사들은 다 나았다고 나를 내보냈지요. 그런데 공장으로 돌아가자마자, 제기랄! 다시 시작되었소! 그래서 다시 나를 이곳으로 올려 보냈지요. 하지만, 즐겁게 삽시다!"

"그럼 저 사람들도……?" 마르코발도는 주변에 흩어진 다른 사람들을 가리키며 물었다. 그러면서 동시에 그의 시선은 시야에서 사라진 필레페토와 테레사, 피에트루초를 찾았다.

"모두 요양소 동료들이라오." 남자는 한쪽 눈을 찡긋하며 말했다. "지금은 잠자리에 들기 전에 자유롭게 외출하는 시간이오……. 우리는 일찍 잠자리에 들어요……. 아시겠지만, 우리는 구역에서 멀리 갈 수 없어요……."

"어떤 구역이요?"

"여기도 요양소 구역인데. 몰랐소?"

마르코발도는 약간 겁먹은 표정으로 듣고 있던 미켈리노의 손을 잡았다. 저녁이 기슭 위로 올라오고 있었다. 저 아래 그가 사는 구역은 더 이상 알아볼 수 없었다. 어둠의 그늘이 그곳을 삼켜 버린 것이 아니라, 그 구역의 그늘이 사방으로 퍼져나간 것 같았다. 이제 돌아갈 시간이었다. "테레사! 필리페토!" 마르코발도는 불렀고 아이들을 찾기 위해 몸을 돌렸다. "미안합니다. 다른 아이들이 보이지 않는군요." 마르코발도는 남자에게 말했다.

남자는 어느 둔덕 위로 올라가더니 말했다. "저기 있군요. 버찌를 따고 있어요."

마르코발도는 움푹 파인 곳에 있는 버찌나무를 보았다. 그 주위에는 잿빛 옷을 입은 사람들이 지팡이의 구부정한 손잡이로 나뭇가지를 가까이 잡아당겨 버찌를 따고 있었다. 테레사와 다른 두 아이도 함께 있었다. 아이들은 모두 만족한 표정으로 버찌를 따거나 사람들에게서 버찌를 받으면서 함께 웃었다.

"이제 늦었어. 바람이 차다. 이제 집에 가자……." 마르코발도는 말했다.

뚱뚱한 남자는 지팡이 끝으로 저 아래에서 켜지는 불빛들의 행렬을 가리켰다. 그리고 말했다.

"저녁이 되면 나는 이 지팡이를 짚고 도시에서 산책을 한다오. 가로등이 길게 늘어선 거리를 하나 선택해서 따라가지요. 이렇게……. 나는 진열장 앞에서 걸음을 멈추고, 사람들을 만나고, 인사를 한답니다……. 당신이 도시에서 걸어갈 때면 이따금 우리를 생각해 줘요. 내 지팡이가 당신 뒤를 따라갈 테니까 말이오……."

아이들은 나뭇잎으로 만든 화관을 쓰고 요양소 환자들의 손을 잡고 돌아왔다.

"아빠, 여기 정말로 좋아요!" 테레사가 말했다. "우리 다시 놀러 올 거죠? 그렇죠?"

"아빠, 왜 우리도 여기 와서 이 아저씨들과 함께 살지 않아요?" 미켈리노가 투덜거렸다.

"이제 늦었어! 자, 아저씨들에게 인사해라! '버찌 고맙습니다.' 하고 말해. 자, 어서! 가자!"

그들은 집으로 향했다. 피곤했다. 마르코발도는 아이들의 질문에 대답하지 않았다. 필리페토는 팔에 안기고 싶어 했고, 피에트루초는 어깨에 올라타고 싶어 했고, 테레사는 그의 손을 잡고 갔다. 제일 큰 미켈리노는 돌멩이를 걷어차면서 혼자 앞장서서 갔다.

여름

# 10 소 떼와의 여행

여름날 밤 도시의 소음은 열린 창문을 통해 더위 탓에 잠을 이루지 못하는 사람의 방으로 들어온다. 밤중에 도시의 진짜 소음이 들려오는 것은 어느 순간 모터들의 불특정 굉음이 희미해지고 사라질 때이다. 그리고 그 정적으로부터 거리에 따라 차이가 있지만 몽유병자의 발걸음 소리, 자전거를 탄 야간 순찰대가 지나가는 소리, 멀리서 아득하게 떠드는 소리, 위층의 코 고는 소리, 환자의 신음 소리, 매시간마다 시간을 알리는 낡은 괘종시계 소리가 뚜렷하고 분명하게 들려온다. 그것은 새벽에 노동자 집들에서 자명종 소리의 오케스트라가 시작되고, 선로 위로 전차들이 지나갈 때까지 계속된다.

그렇게 어느 날 밤 마르코발도는 땀을 흘리며 잠자는 아이들과 아내 사이에서 눈을 감은 채 낮은 창문을 통해 포장된 보도로부터 자신의 반지하방 구석까지 스며드는 먼지처럼 희미한 소리를 들었다. 밤늦게 집에 돌아가는 여자의 경쾌한 구두 굽 소리, 담배꽁초를 줍는 사람이 가끔씩 멈춰 서면서 신발을 끄는 소리, 외로움을 느끼는 사람이 부는 휘파람 소리, 그리고 때로는 스포츠에 대해 이야기하는지, 돈에 대해 이야기하는지 짐작할 수 있을 정도로 또렷이 들리며 간간이 끊기는 친구들 사이의 대화 소리를 들었다. 하지만 무더운 밤에 그런 소음은 선명함을 모두 잃었고, 텅 빈 거리를 가로막고 있는 무더위로 인해 뭉툭해져 있었다. 그래도 자신의 존재를 과시하고, 그 주민 없는 영역에 대한 자신의 지배권을 주장하는 것처럼 보였다. 모든 사람의 흔적에서 마르코발도는 슬픈 형제애를 느꼈다. 휴가철인데도 빚과 가족에 대한 책임, 초라한 봉급에 짓눌려 그 뜨겁고 먼지 나는 시멘트 용광로 속에 틀어박혀 있는 자신과 똑같다는 형제애를 느꼈다.

그런데 마치 불가능한 휴가에 대한 생각이 그에게 꿈의 문을 살짝 열어 준 것처럼, 마르코발도는 멀리서 딸랑이는 방울 소리, 개 짖는 소리, 심지어 짤막한 소 울음소리도 들은 것 같았다. 하지만 그는 눈을 뜨고 있었다. 꿈을 꾸는 것이 아니었다. 그는 귀를 곤두세우고 다시 한 번 그 희미한 느낌의 실마리를 잡아 보려고 노력했다. 또는 아니라는 것을 확인하고 싶었다. 그런데 정말로 수많은 발소리, 느리고 산발적이며 둔중한 발소리들이 바로 그 녹슨 방울 소리를 제외한 모든 다른 소리를 압도하면서 가까이 다가오는 듯한 소음이 들려 왔다.

마르코발도는 일어나서 셔츠와 바지를 입었다. "어디 가요?" 잠을 자던 아내가 한쪽 눈만 뜨고 물었다.

"소 떼가 거리를 지나가고 있어. 보러 가야겠어."

"나도! 나도!" 때맞춰 잠에서 깬 아이들이 말했다.

여름이 시작될 무렵 목초지를 찾아 산으로 가기 위해 밤 시간에 도시를 가로질러 가는 젖소들의 무리였다. 잠에 취해 아직 반쯤 감긴 눈으로 도로 위로 올라온 아이들은 암갈색에 얼룩덜룩한 잔등들의 강물을 보았다. 소들은 보도를 점령했고, 포스터로 뒤덮인 벽, 셔터가 내려진 문, 주차 금지 도로 표지판, 휘발유 주유기를 스치면서 지나갔다. 호기심에 고개 한번 돌리지도 않고 앞서 가는 소의 허리에 주둥이를 댄 채 소들은 저 아래 계단 길에서 교차로까지 발굽을 신중하게 내디디면서, 시골의 건초와 꽃의 냄새, 우유 냄새, 희미한 방울 소리를 뒤에다 남겼다. 도시는 그 축축한 풀밭, 산속의 안개, 얕은 개울물의 세계 속에 몰입한 소들을 건드리지 못하는 것 같았다.

하지만 소몰이꾼들은 도시의 중압감에 신경이 날카로워진 듯 행렬의 옆에서 쓸데없이 뛰면서 회초리를 쳐들었으며 급박하고 갈라진 목소리로 외쳤다. 인간의 냄새에는 무조건 친근함을 느끼는 개들은 주둥이를 쳐들고 자유분방함을 과시했고, 종소리를 울리면서 자신의 일에 충실했다. 하지만 개들도 약간 당황하고 불안해한다는 것을 알 수 있었다. 만약 그렇지 않다면 산만했을 것이며, 도시의 모든 개가 으레 그러는 것처럼 모든 모퉁이, 헤드라이트, 길거리의 얼룩에 킁킁거리며 냄새를 맡았을 것이다.

"아빠, 소들은 전차 같은 것이에요? 정류장에서 멈춰요? 소들의 종점은 어디에요?" 아이들은 물었다.

"전차와는 아무 상관이 없어. 산으로 가고 있는 거야." 마르코발도는 설명했다.

"스키를 타러 가요?" 피에트루초가 물었다.

"목초지로 가는 거야. 풀을 먹으러."

"만약 풀밭을 망가뜨리면 벌금을 물어야 해요?"

질문을 하지 않는 아이는 큰아이 미켈리노뿐이었다. 미켈리노는 소들에 대한 자신의 견해를 이미 갖고 있었고, 이제는 단지 그것을 확인하고, 부드러운 뿔과 등허리, 얼룩덜룩한 목덜미를 관찰하는 데 여념이 없었다. 그러면서 그는 개들처럼 옆에서 뒤뚱거리면서 소 떼를 따라갔다.

마지막 무리가 지나갔을 때 마르코발도는 잠자러 돌아가기 위해 아이들의 손을 잡았다. 하지만 미켈리노가 보이지 않았다. 그는 방으로 내려와 아내에게 물었다. "미켈리노는 벌써 돌아왔어?"

"미켈리노? 당신과 함께 있지 않았어요?"

'소 떼를 따라갔구나. 그런데 어디로 갔는지 알 수 있어야지.' 마르코발도는 생각했고 다시 도로로 달려 나갔다. 소 떼는 벌써 광장을 가로질러 가 버렸고, 마르코발도는 소 떼가 간 길을 찾아야 했다. 하지만 그날 밤에는 서로 다른 여러 소 떼가 도시를 가로질러 가는 것 같았다. 각 무리는 서로 다른 길로 각자의 계곡을 향하고 있었다. 마르코발도는 한 무리를 찾아내 달려갔지만, 그것은 자신이 보았던 무리가 아니라는 것을 깨달았다. 어느 교차로에서 그는 네 블록 너머에서 다른 무리가 평행으로 나아가고 있는 것을 보고 그곳으로 달려갔다. 거기에서 소몰이꾼들은 다른 무리가 반대 방향으로 가는 것을 보았다고 알려 주었다. 그렇게 마지막 방울 소리가 새벽의 여명 속에 사라질 때까지 마르코발도는 계속 헛되이 돌아다녔다.

경찰서에 가서 아이가 실종됐다고 신고하자 경찰관은 말했다. "소 떼를 따라갔다고요? 그러면 산으로 갔겠군요. 야영하러 말입니다. 행복한 녀석이군요. 아마 분명히 살이 찌고 그을린 모습으로 돌아올 겁니다."

경찰관의 견해는 며칠 후 마르코발도가 일하는 회사의 직원에 의해 확인되었다. 그 직원은 첫째 순번의 휴가에서 돌아왔는데, 어느 산길에서 미켈리노를 만났다는 것이다. 아이는 소 떼와 함께 있었고, 아버지에게 안부를 전했으며, 잘 지내고 있다고 했다.

먼지투성이 도시의 무더위 속에서 마르코발도는 아들이 행복하다고 생각했다. 지금쯤 분명히 전나무 그늘 아래에서 시간을 보내고, 풀잎을 입에 대고 피리를 불고, 저 아래 풀밭에서 젖소들이 천천히 움직이는 것을 바라보고, 계곡 그늘에서 개울물이 졸졸거리는 소리를 듣고 있을 것이라고 생각했다.

하지만 아이 엄마는 아들이 돌아오기를 초조하게 기다렸다.

"기차로 올까? 버스로 올까? 벌써 일주일이 지났어…… 벌써 한 달이 지났어…… 날씨가 좋지 않을 거야……." 매일 식탁에서 한 명이 빠진 것은 위안이었지만, 그래도 마음이 편치 않았다.

"행복한 녀석이야. 시원한 곳에서 치즈와 버터를 마음껏 먹고 있을 테니" 마르코발도는 말했다. 그러나 거리의 끝 너머에서 흐릿한 잿빛 산 그림자가 무더위에 뒤덮인 모습으로 보일 때마다 자신이 우물 속에 빠져 있다는 느낌이 들었다. 저 위에서 단풍나무와 밤나무의 무성한 잎사귀가 반짝이고, 야생벌들이 붕붕거리며, 그 위에서 미켈리노는 게으르고 행복하게 우유와 벌꿀과 산딸기에 둘러싸여 있는 것 같았다.

하지만 비록 아이 엄마처럼 기차나 버스 시간표까지 생각하지 않았지만, 마르코발도 역시 매일 저녁 아이가 돌아오기를 기다렸다. 밤에는 조그마한 창문에 가까이 다가가 거리의 발소리에 귀를 기울였다. 조개껍질에 귀를 갖다 대듯이, 창문에 귀를 대면 산속의 소리를 되울려 줄 것처럼 말이다.

그러던 어느 날 밤 마르코발도는 침대에서 벌떡 일어나 앉았다. 환청이 아니었다. 방울 소리와 뒤섞여 소들의 갈라진 발굽이 내는 터벅거리는 소리가 아스팔트 포장길 가까이에서 분명히 들려왔다.

그와 온 가족은 도로로 달려 나갔다. 소들의 무리가 천천히 묵직하게 돌아오고 있었다. 무리 한가운데 어느 젖소의 잔등에는 미텔리노가 걸터앉아 있었는데, 두 손으로 소의 목덜미를 움켜잡은 채 소가 걸음을 옮길 때마다 머리를 끄덕이고 있었다.

가족은 그를 번쩍 들어내려 껴안고 입을 맞추었다. 미켈리노는 어리둥절해 있었다.

"어떻게 지냈어? 좋았어?"

"아……. 네……."

"집에 돌아오고 싶었어?"

"네……."

"산은 멋있었어?"

미켈리노는 가족 앞에 서 있었는데, 눈살을 찌푸리고 단호한 표정이었다.

"노새처럼 일했어요." 미켈리노는 그렇게 말하면서 자기 앞에다 침을 뱉었다. 어른 같은 얼굴 표정이었다. "매일 저녁 이 소에서 저 소로, 저 소에서 이 소로 우유 짜는 사람들에게 양동이를 갖다 주었어요. 그런 다음 양동이 속 우유를 큰 통에다 합쳤어요. 정신없이 뛰어다니면서 밤늦게까지 일했어요. 그리고 아침 일찍 도시로 배달 갈 수 있게 트럭이 있는 데까지 통들을 굴려 실었어요……. 그리고 맨날 숫자를 셌어요. 소와 통 숫자를 셌는데, 틀리면 큰일이 났지요……."

"하지만 너는 풀밭에 있었지? 소들이 풀을 뜯어먹을 때 말이야……."

"그럴 시간이 전혀 없었어요. 언제나 해야 할 일이 있었으니까요. 통을 나르고, 외양간에 짚을 깔고, 소똥을 치웠어요. 왜냐구요? 내가 노동 계약을 하지 않았거든요. 나한테 얼마를 주었냐고요? 쥐꼬리만큼이요. 그나저나 만약 내가 그 돈을 내놓을 거라고 생각하면 오산이에요. 아, 이제 가서 자야겠어요. 피곤해 죽겠거든요."

미켈리노는 몸서리를 쳤고, 코를 풀더니 집 안으로 들어갔다.

거짓말과 희미한 건초 냄새, 방울 소리와 함께, 소 떼는 계속 거리에서 멀어졌다.

가을

# 11  실험실의 토끼

병원에서 퇴원하는 날이 오면, 건강해진 사람은 아침부터 그런 사실을 알고, 복도를 돌아다니면서 밖에 나갈 때를 대비해 걸음을 옮겨 보고, 휘파람을 불고, 다 나은 사람으로서 환자들에게 인사를 건넨다. 부러움을 받기 위해서가 아니라 격려의 어조를 사용할 수 있다는 즐거움 때문이다. 유리창 너머로 햇살을 바라보거나, 안개가 끼었을 때에는 안개를 바라보고, 도시의 소음을 듣는다. 이제 모든 것이 이전과는 다르다. 매일 아침 그 병상의 난간 사이에서 잠이 깨면, 도달할 수 없는 세상의 빛과 소리가 밖에서 들어오는 것을 느끼던 때와는 다르다. 이제는 저기 밖에 또 다시 자신의 세상이 있다. 나은 사람은 그 세상을 자연스럽고 일상적인 것으로 받아들이게 되고, 갑자기 병원 냄새를 다시 느끼게 된다.

그렇게 어느 날 아침 마르코발도는 주위의 냄새를 맡고 있었다. 병이 나은 그는 퇴원을 위해 공제회의 서류에 무엇인가 써 주기를 기다렸다. 의사는 서류를 들고 그에게 말했다. "여기에서 기다리세요."
그리고 그를 자기 연구실에 혼자 남겨 두었다. 마르코발도는 무척이
나 증오하던 하얀색 에나멜을 칠한 가구들과 음산한 물질이 가득한
시험관들을 바라보았다. 그리고 이제 그 모든 것을 떠나려 한다는 생
각에서 즐거움을 찾으려고 했다. 하지만 기대했던 그런 즐거움은 느
낄 수 없었다. 아마 회사로 돌아가서 상자들을 날라야 한다는 생각,
또는 그동안 분명히 아이들이 저질러 놓았을 골치 아픈 일들에 대한
생각 때문이었는지도 모른다. 그리고 무엇보다도 창밖에 낀 안개가,
허공 속으로 나가야 하고, 축축한 허무 속으로 와해되어야 한다는 관
념을 불러일으켰다. 그리하여 그는 연구실 안에 있는 무엇인가에 애
착을 느껴야 할 불분명한 필요성과 함께 주위를 둘러보았지만, 보이
는 것은 모두 괴로움이나 불안감을 주었다.

　　바로 그 순간 그는 우리 속의 토끼 한 마리를 발견했다. 길고 부
드러운 털로 뒤덮인 하얀색 토끼였다. 장밋빛 삼각형 모양의 코에 빨
간 눈은 깜짝 놀란 표정이었고, 거의 털이 없는 귀를 등 뒤로 납작 붙
이고 있었다. 그리 크지 않았지만 그 좁은 우리 안에서 둥그스름하게
웅크린 토끼의 몸은 금속 그물을 부풀게 했고, 한 움큼 털이 밖으로
삐져나와 가볍게 떨리고 있었다. 우리 밖의 탁자 위에는 약간의 풀과
당근 하나가 있었다. 마르코발도는 그 좁은 곳에 갇혀 당근을 보면
서도 먹을 수 없는 토끼가 얼마나 불쌍할까 생각했다. 그래서 우리의
문을 열어 주었다. 토끼는 나오지 않았다. 그 안에 꼼짝하지 않고 있
었으며, 마치 자제하기 위해 무엇인가를 씹는 척하듯이 가볍게 주둥
이를 움직였을 뿐이다. 마르코발도는 당근을 들어 토끼에게 가까이
갖다 댔고, 천천히 뒤로 잡아당겨 밖으로 나오도록 유인했다. 토끼는

뒤따라 나왔고, 조심스럽게 당근을 깨물더니 마르코발도의 손에 들린 당근을 열심히 갉아 먹기 시작했다. 마르코발도는 토끼의 등을 쓰다듬었고, 그러면서 살이 쪘는지 보려고 더듬어 보았다. 하얀 털 속에서 약간 앙상한 뼈가 느껴졌다. 거기에서, 그리고 당근을 잡아당기는 모습으로 보아 분명히 토끼가 꽤 굶은 상태라는 것을 알 수 있었다. '만약 내가 기른다면 동그란 공이 될 때까지 살찌게 할 텐데.' 마르코발도는 생각했다. 그리고 동물에 대한 너그러운 마음과 동시에 먹음직스러운 구이를 상상하는 사육사의 그윽한 눈길로 토끼를 바라보았다. 여러 날 동안 병원에서의 황량한 입원 생활이 끝나고 이제 떠나려는 순간에 그 지루한 시간과 자신의 생각을 충만하게 해 주었을 친구의 존재를 발견한 것이다. 그런데 이제 그 친구를 떠나 토끼를 만날 수 없는 안개 낀 도시 속으로 돌아가야 했다.

당근은 거의 다 없어졌고, 마르코발도는 토끼를 팔에 안고 다른 줄 것을 찾아 주위를 둘러보았다. 의사 책상 위에 있던 화분의 제라늄 잎사귀에다 토끼의 주둥이를 갖다 댔지만, 토끼는 좋아하지 않는 모양이었다. 바로 그 순간 마르코발도는 의사가 들어오는 발소리를 들었다. 왜 토끼를 팔에 안고 있는지 어떻게 설명할 것인가? 그는 허리 부분이 조여진 작업복을 입고 있었다. 황급히 작업복 안에 토끼를 집어넣고 단추를 채웠다. 그리고 가슴 위가 불룩 튀어나와 들썩이는 것을 의사가 볼 수 없도록 토끼를 등 뒤쪽으로 밀었다. 깜짝 놀란 토끼는 얌전히 있었다. 마르코발도는 서류를 받았고, 몸을 돌려 나가야 했기 때문에 토끼를 가슴 쪽으로 오게 했다. 그렇게 작업복 안에 토끼를 숨긴 채 마르코발도는 병원을 나와 일터로 갔다.

"아하, 마침내 나왔어?" 작업반장 빌리젤모 씨가 그를 보고 말했다. "그런데 자네 거기에 뭐가 솟아 있는 건가?" 그리고 불룩 튀어나온 가슴을 가리켰다.

"경련을 방지하려고 뜨거운 찜질팩을 댔어요." 마르코발도는 대답했다.

그 순간 토끼가 꿈틀했고, 마르코발도는 마치 간질 환자처럼 펄쩍 뛰었다.

"어디 아픈가?" 빌리젤모 씨가 물었다.

"아무것도 아니에요. 딸꾹질이에요." 마르코발도는 대답했고, 토끼를 등 뒤쪽으로 밀었다.

"자네 아직도 몸이 약간 안 좋은 것 같군." 작업반장이 말했다.

토끼는 등 위로 기어오르려고 했고, 마르코발도는 내려가게 하려고 어깨를 흔들었다.

"오한이 나는 모양이군. 오늘 하루 더 집에 가서 쉬게. 그리고 내일은 낫도록 하게."

마르코발도는 마치 운 좋은 사냥꾼처럼 토끼의 귀를 잡아들고 집으로 돌아갔다.

"아빠! 아빠!" 아이들은 달려 나와 맞이하면서 외쳤다. "어디에서 잡았어요? 우리에게 선물할 거예요? 우리 선물이지요?" 그러면서 곧바로 토끼를 잡으려고 했다.

"돌아왔어요?" 아내가 말했다. 그녀가 자신에게 던지는 눈길에서 마르코발도는 입원해 있는 동안 아내에게는 단지 그에 대한 반감을 더할 새로운 이유들만 쌓여 갔다는 것을 깨달았다. "살아 있는 토끼요? 그것으로 뭘 하고 싶어서요? 온 사방을 더럽힐 뿐이잖아요."

마르코발도는 탁자를 치우고 그 한가운데에 토끼를 올려놓았다.

토끼는 도망치려는 듯이 몸을 납작 엎드렸다. 마르코발도는 말했다. "누구든 건드리면 혼날 줄 알아! 이건 우리 토끼야. 크리스마스까지 편안하게 살찌게 할 거야."

"그런데 암컷이에요, 아니면 수컷이에요?" 미켈리노가 물었다.

암컷일 가능성에 대해 마르코발도는 생각하지 않았었다. 곧바로 그의 머릿속에 새로운 계획이 떠올랐다. 만약 암컷일 경우 새끼들을 낳게 하고 사육장을 세울 수 있었다. 그의 상상 속에서는 벌써 집 안의 축축한 벽들이 사라지고 들판에 푸르른 농장이 세워졌다.

그런데 토끼는 수컷이었다. 하지만 사육장에 대한 생각은 이미 마르코발도의 머릿속에 들어가 있었다. 수컷이지만 아주 멋진 수컷이었고, 그에게 가족을 이루도록 신부를 찾아 주고 필요한 조치를 할 수 있을 것이다.

"먹을 것으로 뭘 주지요? 우리가 먹을 것도 없는데." 아내는 차갑게 말했다.

"나에게 생각이 있어." 마르코발도는 말했다.

이튿날 회사에서 마르코발도는 매일 아침 자기가 밖으로 옮겨서 물을 주고 다시 제자리로 갖다 놓아야 하는 관리 사무실의 화분에 담긴 녹색 화초들에서 각각 잎사귀 하나씩을 떼어 냈다. 이쪽에서 넓적하고 반짝이는 잎사귀를, 저쪽에서 불투명한 잎사귀를 따서 작업복 안에다 집어넣었다. 그리고 꽃다발을 들고 오는 여직원에게 "이거 애인이 선물한 건가요? 나에게 한 송이 주지 않겠어요?" 하고 말을 걸어서 그 꽃도 호주머니에 집어넣었다. 그리고 배 껍질을 깎고 있는 소년에게 말했다. "껍질은 나에게 다오." 그런 식으로 여기에서 잎사귀 하나, 저기에서 껍질 하나, 저 아래에서 꽃잎 하나 모으면서 그것들이 토끼의 허기를 해결해 주리라 기대했다.

그런데 어느 순간 빌리젤모 씨가 사람을 보내 그를 불렀다. '혹시 화초 잎사귀를 따 낸 것을 알아챈 것일까?' 언제나 무언가 잘못했다고 느끼는 데 익숙해진 마르코발도는 생각했다.

작업반장의 사무실에는 병원의 의사와 적십자 단원 두 사람, 그리고 경찰관 한 사람이 있었다. 의사가 말했다. "이봐요. 내 연구실에서 토끼 한 마리가 사라졌어요. 그 토끼에 대해 뭔가 알고 있다면 어리석은 짓 하지 않는 것이 좋을 것이오. 우리는 토끼에게 무서운 전염병 세균을 주사했고, 그래서 온 도시에 전염병을 퍼뜨릴 가능성이 있기 때문이오. 당신이 토끼를 잡아먹었는지 묻지 않겠소. 만약 그랬다면 지금쯤 살아 있지 않을 테니까요."

밖에는 앰뷸런스가 기다리고 있었다. 그들은 달려 나가 올라탔고, 계속해서 사이렌을 울리면서 마르코발도의 집을 향해 거리를 질주했다. 길거리에는 마르코발도가 슬픈 마음으로 차창 밖으로 내던진 잎사귀와 과일 껍질과 꽃잎이 길게 늘어져 있었다.

그날 아침 마르코발도의 아내는 정말로 냄비 안에 무엇을 넣어야 할지 몰랐다. 남편이 전날 집으로 가져온 토끼를 바라보았다. 토끼는 종잇조각들을 가득 채워 만든 임시 우리 안에 들어 있었다. 그녀는 생각했다. '정말로 때맞추어 왔구나. 돈은 없고, 봉급은 공제회에서 지불하지 않는 추가 약값으로 다 나갔고, 가게에서는 이제 외상도 주지 않아. 사육장을 만들다니! 토끼 구이를 하려고 크리스마스까지 기다려야 한다니! 우리는 끼니를 거르는 마당에 토끼를 살찌워야 한다니!'

그녀는 딸에게 말했다. "이솔리나, 너는 이제 다 컸으니 토끼 요리하는 법을 배워야 해. 먼저 네가 토끼를 죽여 껍질을 벗기면, 그다음에 어떻게 해야 하는지 설명해 주마."

이솔리나는 잡지에 실린 연애 소설을 읽고 있다가 투덜거렸다. "싫어요. 엄마가 먼저 죽여서 껍질을 벗기면, 내가 어떻게 요리하는지 볼게요."

"잘났구나!" 엄마가 말했다. "나는 마음이 약해서 죽이지 못한단 말이야. 하지만 아주 간단한 일이야. 귀를 잡아서 들고 목덜미를 세게 내려치기만 하면 돼. 껍질 벗기는 일은 그다음에 보자."

"나는 아무것도 보지 않을래요." 이솔리나는 잡지에서 코빼기도 들지 않고 말했다. "토끼 목덜미를 내려치는 것도 하지 않을 거예요. 그리고 껍질 벗기는 것은 생각도 하기 싫어요."

다른 아이들 세 명은 눈을 동그랗게 뜨고 대화를 듣고 있었다.

엄마는 잠시 동안 생각에 잠겨 있다가 아이들을 보며 말했다. "얘들아……."

아이들은 마치 약속이나 한 것처럼 엄마에게 등을 돌리고 방에서 나갔다.

"얘들아, 잠깐 기다려!" 엄마가 말했다. "너희들 토끼를 데리고 밖에 나가고 싶은지 물어보려고 했단다. 목에다 끈을 묶어서 데리고 산책하러 가거라."

아이들은 걸음을 멈추고 서로의 눈을 바라보았다. "어디로 산책하러 가요?" 미켈리노가 물었다.

"아무 데서나 산책할 수 있지. 그런 다음 디오미라 부인에게 토끼를 데려다 줘라. 그리고 미안하지만 죽여서 껍질을 벗겨 달라고 해라.

그 여자는 그런 일을 잘하거든."

엄마는 정확한 곳을 건드렸다. 아이들이란 자기가 더 좋아하는 것에 사로잡히고, 나머지 다른 것은 생각하지 않으려 한다. 그리하여 아이들은 기다란 라일락 색깔 끈을 찾아내 토끼의 목에 묶었다. 그리고 마치 목줄처럼 손에 잡고, 반쯤 목이 졸린 채 끌려가기 싫어하는 토끼를 끌고 나갔다.

"디오미라 부인에게 말해라." 엄마는 당부했다. "뒷다리 하나를 가져도 좋다고 말이야! 아니, 그보다는 머리가 낫겠다. 어쨌든 그 여자가 알아서 할 거야."

아이들이 나가자마자 간호사, 의사, 경찰관, 수비대원 들이 마르코발도의 집을 에워싸고 안으로 몰려 들어갔다. 마르코발도는 살아 있다기보다 죽은 표정으로 그들 한가운데에 있었다. "여기가 병원에서 가져온 토끼가 있는 곳이오? 자, 빨리, 손대지 말고 어디 있는지 말해요! 무서운 전염병 세균에 감염되어 있어요!" 마르코발도는 그들을 우리로 안내했다. 하지만 우리는 비어 있었다. "벌써 잡아먹었소?" "아니, 아니에요!" "그럼 어디 있어요?" "디오미라 부인에게 있어요!" 그러자 추격자들은 다시 추격을 시작했다.

그들은 디오미라 부인의 집 문을 두드렸다. "토끼요? 무슨 토끼 말이죠? 당신들 미쳤어요?" 하얀색 가운과 제복을 입은 모르는 사람들이 집 안으로 쳐들어와서 토끼를 찾는 것을 보고 나이 든 부인은 충격을 받았다. 그녀는 마르코발도의 토끼에 대해서는 아무것도 모르고 있었다.

사실 세 아이는 토끼를 죽음으로부터 구해 주고 싶었고, 그래서 안전한 곳으로 데려가 잠시 동안 함께 놀다가 놔주려고 생각했다. 그래서 디오미라 부인의 집으로 가는 층계참에서 머무르지 않고 지붕 위에 있는 테라스까지 올라가기로 결정했다. 엄마에게는 토끼가 목줄을 끊고 달아났다고 말하려고 했다. 하지만 그 토끼만큼 달아날 줄 모르는 동물은 없는 것 같았다. 심지어 계단을 올라가게 하는 것도 문제였다. 토끼가 깜짝 놀란 표정으로 각 계단마다 몸을 웅크리는 바람에 결국 아이들은 토끼를 들어 팔에 안고 갔다.

테라스에서 아이들은 토끼가 달리게 하고 싶었다. 하지만 달리지 않았다. 난간 위에 올려놓고 고양이처럼 걸어가는지 보려고 했다. 하지만 현기증을 느끼는 것 같았다. 텔레비전 안테나 위에 올려놓고 균형을 잡을 줄 아는지 보려고 했다. 아니, 토끼는 떨어졌다. 싫증이 난 아이들은 목줄을 풀어 주었고, 앞에 지붕들로 이루어진 수많은 길과 비스듬하고 모서리 진 바다가 펼쳐진 곳에 자유롭게 놔두고 돌아갔다.

홀로 남게 되자 토끼는 움직이기 시작했다. 몇 발자국 움직여 보고 주위를 둘러보았고, 방향을 바꾸고 몸을 돌려 보았다. 그런 다음 깡충깡충 뛰면서 지붕 위로 돌아다니기 시작했다. 태어날 때부터 간혀서 살아온 토끼였다. 따라서 자유에 대한 열망은 제한되어 있었다. 잠시 동안 두려움 없이 존재하는 것 이외에 삶의 다른 행복을 몰랐다. 그런데 지금 아마 자신의 삶에서 처음으로 주위에 두려움을 주는 것이 전혀 없이 마음대로 움직일 수 있었다. 장소는 익숙하지 않은 곳이었다. 하지만 무엇이 익숙하고 무엇이 익숙하지 않은지에 대한 분명한 개념은 전혀 형성할 수 없었다. 그리고 자기 몸속에서 어떤 모호하고 신비로운 질병이 자신을 갉아먹고 있다는 것을 느낀 이후로 모든 세상에 대한 관심이 점점 줄어들었다. 그렇게 토끼는 지붕 위를 돌아다녔다. 토끼가 뛰어다니는 것을 본 고양이들은 그것이 무엇인지 알 수 없었고 두려움에 몸을 움츠렸다.

그러는 동안 지붕으로 난 창문과 천창, 채광 유리창을 통해 토끼가 지나가는 길을 관찰할 수 있게 되었다. 그리하여 누구는 창턱 위에다 야채가 담긴 그릇을 내놓고 커튼 뒤에 숨어 염탐했고, 누구는 지붕 위에다 과일 찌꺼기를 던져 놓고 그 주위에다 올가미를 쳐 놓았고, 또 누구는 바로 자신의 창문까지 난간 위에다 당근 조각들을 한 줄로 늘어놓기도 했다. 그리고 지붕 위에 거주하는 모든 가족들 사이에 이런 암호가 퍼졌다. "오늘은 토끼 탕." 아니면 "토끼 백숙." 아니면 "토끼 구이."

토끼는 그런 미끼들, 아무 말 없이 제공되는 음식에 대해 눈치를 챘다. 그래서 비록 배가 고팠지만 믿지 않았다. 토끼는 알고 있었다. 사람들이 자신에게 음식을 제공하면서 유인하려고 할 때마다 무엇인가 모호하고 고통스러운 일이 일어났다는 것을. 그때마다 자기 살 속으로 주사기를 찌르거나 메스를 갖다 댔고, 아니면 단추를 채운 작업복 안에다 억지로 몰아넣었고, 아니면 목에다 끈을 묶어 끌고 다니기도 했다……. 그리고 그런 불행한 기억은 자기 몸속에서 느껴지는 질병과 하나가 되었고, 자신이 느끼는 내장 기관들의 변화, 죽음의 예감과 하나가 되었다. 그리고 배고픔과 하나가 되었다. 하지만 그런 모든 불편함 중에서 오로지 배고픔만이 해결될 수 있다는 것을 안다는 듯, 또한 그 파렴치한 인간 존재들이 그런 잔인한 고통들 외에 바로 자기가 필요하다고 느끼는 보호의 느낌, 가족 같은 따스함을 줄 수 있다는 것을 인정하는 듯, 토끼는 인간들의 장난에 굴복하고 협력하기로 결심했다. 그러고 나면 될 대로 되겠지. 그래서 당근 조각을 먹기 시작했다. 토끼는 잘 알고 있었다. 당근 조각의 줄을 따라가면 또 다시 자신을 붙잡아 고통을 줄 것이다. 하지만 아마도 마지막으로 지상에서 야채의 훌륭한 맛을 다시 음미하게 될 것이다. 마침내 토끼는 지붕으로 난 창문으로 가까이 다가갔다. 이제 손 하나가 뻗어 나와 자신을 움켜잡을 것이다. 그런데 갑자기 창문이 닫혔고 자신을 밖에 그대로 내버려 두었다. 그것은 자신의 경험에 비추어 볼 때 이상한 일이었다. 함정이 작동하기를 거부한 것이다. 토끼는 몸을 돌려 주위에 다른 함정의 미끼들이 있는지 찾아 보았고, 그중에서 어떤 것에 굴복하는 것이 좋을지 선택하려고 있다. 하지만 주위에서는 야채 잎사귀들을 거두어 들였고, 올가미를 내버려 두었고, 얼굴을 내민 사람들이 사라졌다. 창문과 천창이 굳게 닫혔고, 테라스에는 아무도 보이지 않았다.

사실 경찰의 작은 트럭이 시내를 가로질러 가면서 확성기로 외치고 있었다. "조심하십시오! 조심하십시오! 무서운 전염병에 감염된 긴 흰색 토끼 한 마리가 사라졌습니다! 토끼를 보면 모두 조심하십시오! 토끼 몸에는 세균이 퍼져 있고, 접촉만 해도 해로운 세균을 옮길 수 있습니다! 누구든지 토끼를 보면 가까운 경찰서나 병원, 소방서에 신고하기 바랍니다!"

공포가 지붕 위로 퍼졌다. 사람들은 모두 주위를 둘러보았고, 이 지붕에서 저 지붕으로 가볍게 뛰면서 건너가는 토끼를 보자마자 경보를 울렸다. 그리고 사람들은 모두 메뚜기 떼가 가까이 다가오는 것처럼 사라졌다. 토끼는 지붕 꼭대기 장식 위에서 기우뚱거리면서 나아가고 있었다. 인간과 가까워져야 할 필요성을 발견한 바로 그 순간에 몰려온 그런 고독감은 토끼에게 훨씬 더 위협적이고 견딜 수 없는 것처럼 보였다.

　그러는 동안 나이 든 사냥꾼 울리코 기사는 산토끼용 탄약을 자신의 엽총에 장전하고 테라스 위로 올라가 굴뚝 뒤에 몸을 숨겼다. 안개 속에 토끼의 하얀 그림자가 나타나는 것을 보고 그는 총을 쏘았다. 하지만 토끼의 전염병 세균에 대한 생각으로 너무 흥분해 있었기 때문인지 산탄 총알들은 조금 떨어진 기왓장 위로 쏟아졌다. 토끼는 주위에서 총소리가 나는 것을 들었고, 산탄 총알 하나가 귀를 꿰뚫고 지나갔다. 토끼는 깨달았다. 그것은 선전 포고였다. 이제 인간들과의 모든 관계는 끝났다. 인간들에 대한 경멸감, 어딘가 천박한 파렴치함으로 느껴지는 것에 대한 경멸감 속에 토끼는 자신의 삶을 끝내기로 결심했다.

　양철로 뒤덮인 지붕 하나가 비스듬히 경사져 있었고, 그 끝에는 허공이, 안개로 덮인 불투명한 허무가 펼쳐져 있었다. 토끼는 네 발로 그 위에 앉았다. 처음에는 신중했지만 나중에는 스스로를 던졌다. 그렇게 미끄러지면서 전염병에 둘러싸여 침식당한 토끼는 죽음을 향해 가고 있었다. 처마 끝에서 빗물 홈통에 잠시 걸렸다가 균형을 잃고 아래로 떨어졌다…….

　그런데 이동용 사다리 꼭대기에 올라가 있던 소방관의 장갑 낀 손 안으로 들어갔다. 동물로서 이 극단적인 자존심의 행위마저 저지당한 토끼는 앰뷸런스에 실려 전속력으로 병원에 실려 갔다. 앰뷸런스에는 마르코발도와 아내, 아이들 역시 일련의 백신 검사와 보호 관찰을 위해 실려 있었다.

겨울

# 12 잘못 찾은 정류장

황량한 집 안에서 울적함을 느끼는 사람이 추운 저녁 시간에 즐겨 찾는 피난처는 언제나 영화관이다. 마르코발도는 총천연색 영화를 열광적으로 좋아했다. 아주 방대한 지평선을 담을 수 있는 커다란 화면 위에 대초원, 바위산, 적도의 밀림, 머리에 화관을 쓰고 살아가는 섬이 펼쳐지는 영화를 좋아했다. 그는 영화를 두 번씩 보았고, 영화관이 문을 닫을 때에야 나왔다. 그리고 생각 속에서는 계속 그런 풍경 속에서 살아가고 그런 색깔을 들이마셨다. 하지만 추적추적 비가 내리는 밤에 집으로 돌아가야 하고, 정류장에서 30번 전차를 기다려야 하고, 자기 삶의 무대에는 오로지 전차와 신호등, 반지하 셋방, 가스 화덕, 널린 빨래, 창고와 포장 작업장뿐이라는 사실을 확인하는 순간 영화의 화려함은 시든 잿빛 슬픔으로 사라져 버렸다.

그날 저녁 마르코발도가 본 영화는 인도의 밀림 속에서 전개되었다. 숲 속 늪지에서는 안개구름이 피어올랐고, 뱀들은 덩굴들 위로 기어오르고, 정글이 집어삼킨 옛날 사원의 조각상들 위로 기어 올라갔다.

영화관을 나온 마르코발도는 길거리를 향해 눈을 떴다. 다시 눈을 감았다가 떠 보았다. 아무것도 보이지 않았다. 완전히 아무것도 보이지 않았다. 코에서 한 뼘 앞도 보이지 않았다. 그가 영화관 안에 앉아 있는 동안 안개가 도시를 점령한 것이다. 아주 빽빽하고 불투명한 안개가 사물과 소리를 둘러쌌고, 차원이 없는 공간 속으로 거리감을 무너뜨렸고, 불빛과 어둠을 뒤섞어 형태도 장소도 알 수 없는 희미한 빛으로 변형시켜 버린 것이다.

마르코발도는 기계적으로 30번 전차의 정류장으로 향했다. 그러다가 광고판 기둥에 코를 부딪쳤다. 바로 그 순간 그는 행복감을 느꼈다. 안개가 주위 세상을 지워 버림으로써 널찍한 화면의 광경을 자기 눈 속에 간직할 수 있게 해 준 것이다. 추위도 누그러져 있었다. 마치 도시가 안개구름을 담요처럼 뒤집어쓴 것 같았다. 외투를 뒤집어쓴 마르코발도는 외부의 모든 자극으로부터 차단되어 있고 마치 허공 속에 떠 있는 것 같았다. 그리고 그 허공을 인도와 갠지스 강, 정글, 콜카타의 이미지들로 채색할 수 있었다.

전차가 왔다. 유령처럼 희미한 모습으로 천천히 종소리를 울리면서 왔다. 모든 사물은 겨우 윤곽만으로 존재했다. 마르코발도에게 있어 그날 밤 전차의 구석 자리에 앉아 다른 승객들에게 등을 돌리고, 차창 밖으로 어둠보다 더 검은 그림자와 희미한 불빛 몇 개만 보이는 텅 빈 밤을 바라보는 것은 두 눈을 뜬 채 꿈꿀 수 있는 완벽한 상황이었고, 어디를 가든 자기 눈앞에다 끝없는 화면 위에 끊임없는 영화를 비춰 볼 수 있었다.

그렇게 환상에 빠져 있느라고 마르코발도는 정류장의 숫자 헤아리는 것을 놓쳤다. 갑자기 그는 어디에 와 있는지 스스로에게 물었다. 이제 전차는 거의 텅 비어 있었다. 차창 밖을 자세히 살펴보았고, 희미하게 떠오르는 윤곽들을 보고 다음 정류장이 자기가 내려야 할 정류장이라고 생각했다. 그는 가까스로 시간에 맞춰 출구로 달려갔고 전차에서 내렸다. 그리고 무엇인가 기준점을 찾으려고 주위를 둘러보았다. 하지만 그의 눈이 구별해 낼 수 있는 그 약간의 그림자와 불빛은 자기가 아는 어떤 모습과도 맞지 않았다. 정류장을 잘못 내린 것이었다. 어디에 와 있는지 전혀 알 수 없었다.

지나가는 행인이라도 만난다면 쉽게 길을 가르쳐 줄 것이다. 하지만 장소가 외졌기 때문인지, 아니면 늦은 시간에다 날씨가 궂었기 때문인지, 사람이라곤 그림자도 보이지 않았다. 마침내 어느 그림자 하나를 보았고, 가까이 다가오기를 기다렸다. 아니었다. 그림자는 멀어지고 있었다. 아마 길을 가로질러 가고 있거나, 아니면 도로 한가운데로 걸어가고 있는지도 몰랐다. 보행자가 아니라 불빛 없는 자전거를 타고 가는 사람일 수도 있었다.

마르코발도는 소리쳤다. "미안합니다! 미안합니다, 여보세요! 판크라치오 판크라치에티 거리가 어디 있는지 아세요?"

그림자는 더욱 멀어졌고, 거의 보이지 않을 지경이었다. 그림자는 말했다. "저어⋯⋯쪽이오." 하지만 어느 쪽을 가리키는지 알 수 없었다.

"오른쪽이요, 왼쪽이요?" 마르코발도는 소리쳤다. 하지만 자신이 허공을 향하고 있는지 알 수 없었다.

대답이 왔다. 아니, 그것은 대답의 긴 여운이었다. "⋯⋯른쪽이

요." 하는 것 같기도 했고, "……ㄴ쪽이요." 하는 것 같기도 했다. 어쨌
든 상대방이 어느 쪽을 향하고 있는지 볼 수 없었기 때문에, 오른쪽
이든 왼쪽이든 아무런 의미도 없었다.

이제 마르코발도는 조금 더 저쪽의 맞은편 보도에서 비치는 것
같은 희미한 불빛을 향해 걸어갔다. 그런데 그 거리는 훨씬 더 멀었
다. 일종의 광장을 가로질러 가야 했다. 그 한가운데에는 작은 섬처럼
풀밭이 있었고, 자동차의 의무 회전 방향을 가리키는 화살표가 있
었는데, 그가 알아볼 수 있는 유일한 표시였다. 시간은 늦었지만 어
떤 카페나 선술집이 열려 있는 것이 분명했다. 불빛이 비치는 간판을
간신히 읽어 보니 '카페……'라고 쓰여 있었다. 그런데 불빛이 꺼졌다.
불빛이 비치던 유리 위로 마치 셔터처럼 어둠의 장막이 드리워졌다.
바로 그 순간에야 깨달았지만, 그곳은 아직도 멀리 떨어져 있었다.

다른 불빛을 찾아야 할 필요가 있었다. 마르코발도는 이제 똑바
른 방향을 따라 걸어가고 있는지 알 수 없었다. 자신이 향한 불빛이
여전히 똑같은 것인지, 아니면 두 개나 세 개로 늘어난 것인지, 아니
면 위치가 바뀐 것인지도 알 수 없었다. 그가 안에서 움직이고 있는
그 약간 우윳빛을 띤 검은색 알갱이는 너무나도 미세하여 체로 치듯
이 외투를 통과하고 실의 섬유 사이로 침투하여 그를 해면처럼 적시
고 있었다.

마침내 도달한 불빛은 연기가 자욱한 어느 선술집의 입구였다.
안에는 사람들이 앉아 있거나 카운터에 서 있었다. 하지만 흐릿한 조
명 때문인지, 아니면 사방에 스며들어 온 안개 때문인지, 거기에서도
사람들의 모습은 바로 옛날이나 머나먼 고장을 배경으로 한 영화에
나오는 선술집에서 그렇듯이 초점 없이 흐릿했다.

"미안합니다만…… 혹시 아실지 모르겠지만…… 판크라치에티 거리를 찾고 있습니다……." 마르코발도는 말을 꺼냈다. 하지만 선술집은 소음으로 가득했고, 술 취한 사람들은 그도 술 취한 사람으로 여기고 웃었다. 마르코발도가 간신히 하는 질문도, 간신히 얻어 낸 대답도 역시 안개에 젖고 초점을 잃었다. 그는 몸을 덥히기 위해 처음에는 포도주 반 병을 주문했다. 아니, 정확히 말하자면 카운터에 있는 사람들의 요구에 이끌린 것이다. 그런 다음 다시 반 리터를 더 주문했고, 거기에다 다른 사람들이 커다란 손으로 등을 두드리면서 건넨 몇 잔을 더 마셨다. 간단히 말해 선술집 밖으로 나왔을 때 집으로 가는 길에 대한 그의 관념은 전보다 더 흐려져 있었다. 하지만 그 대신 안개는 어느 때보다 강하게 모든 대륙과 색깔을 담을 수 있었다.

몸속에 퍼지는 포도주 열기와 함께 마르코발도는 십여 분 이상을 걸어갔다. 걸음걸이는 마치 보도의 넓이를 재 보려는 것처럼(만약 여전히 보도를 따라 걷고 있다면) 계속해서 오른쪽으로, 또 왼쪽으로 가 볼 필요성을 느끼는 것 같았고, 또한 손은(만약 여전히 벽을 따라 걷고 있다면) 계속해서 벽을 더듬어야 할 필요성을 느끼는 것 같았다. 걸어가는 동안에 그의 관념 속의 안개는 차츰 엷어졌지만, 외부의 안개는 여전히 빽빽했다. 술집에서 사람들이 어떤 길을 따라 100여 미터 정도 가다가 다시 물어보라고 말했던 것을 기억했다. 하지만 지금 그는 술집에서 얼마나 멀리 떨어졌는지, 아니면 그 구역을 단지 빙빙 돌기만 했는지 알 수 없었다.

그곳은 공장의 울타리처럼 벽돌 담장으로 둘러싸여 있으며, 사람이 살지 않는 것 같았다. 한쪽 모퉁이에는 분명히 거리 이름이 적힌 팻말이 붙어 있었지만, 도로 한가운데에 세워진 가로등의 불빛은 그 위에까지 닿지 않았다. 마르코발도는 팻말에 가까이 가려고 주차 금지 표지판의 기둥 위로 기어 올라갔다. 팻말에 코가 닿을 정도로 올라갔지만, 글씨는 희미하게 바래 있었고, 잘 비추어 볼 성냥도 갖고 있지 않았다. 팻말 위의 담장 꼭대기는 평평하고 널찍했으며, 주차 금지 표지판 기둥에서 몸을 내민 마르코발도는 그 꼭대기 위로 올라갈 수 있었다. 담장 꼭대기 위에서 희끄무레한 커다란 표지판이 보였다. 마르코발도는 담장 위에서 몇 걸음 움직여 표지판까지 갔다. 그곳에서는 가로등이 하얀색 바탕 위의 검은색 글씨를 비춰 주었다. 하지만 '관계자 외 절대 출입 금지'라고 적혀 있는 글귀는 그에게 아무런 도움도 되지 않았다.

담장 꼭대기는 상당히 넓어서 그 위에서 균형을 잡고 걸어갈 수 있었다. 아니, 잘 생각해 보면 보도 위를 걷는 것보다 훨씬 나았다. 가로등들이 정확한 높이에서 발걸음을 비춰 주었고, 어둠 한가운데에서 길을 분명히 표시해 주었기 때문이다. 어느 지점에서 담장은 끝났고, 마르코발도는 어느 문설주 기둥의 꼭대기 같은 것과 마주치게 되었다. 아니, 담장은 직각을 이루었고 계속 이어져 있었…….

그렇게 모퉁이, 굽어진 곳, 두 갈래로 갈라진 곳, 기둥 사이에서 마르코발도는 불규칙적인 도형을 그리며 계속 걸어갔다. 여러 번 그는 이제 담장이 끝났다고 생각했는데, 다른 방향으로 계속 이어지는 것을 발견했다. 여러 군데 굽어진 곳을 돌아보니 이제 어느 방향으로 돌았는지, 말하자면 다시 도로 위로 내려가려면 어느 쪽으로 뛰어내려야 할지 알 수 없었다. 뛰어내린다……. 그런데 만약 담장의 높이가 높아졌다면? 마르코발도는 어느 기둥 꼭대기에 웅크리고 앉았고, 아래쪽을 이곳저곳 자세히 살펴보았다. 하지만 어떤 불빛도 바닥까지 닿지 않았다. 마치 심연처럼 2미터가 넘는 높은 곳일 수도 있었다. 담장 위를 계속 따라가는 수밖에 없었다.

얼마 지나지 않아 탈출구가 나타났다. 그곳은 담장 바로 곁에 있는 평평하고 희끄무레한 표면이었다. 아마 시멘트로 만들어진 어느 건물의 지붕 같았다. 마르코발도가 다시 걸어가기 시작하면서 깨달은 것처럼 그곳은 어둠 속에 계속 이어져 있었다. 그는 곧 그곳까지 온 것을 후회했다. 이제 어떤 기준점도 상실했으며, 길게 늘어선 가로등에서도 멀어져 있었고, 걸음을 옮길 때마다 지붕의 가장자리로, 아니면 그 너머의 허공 속으로 떨어질 수도 있었다.

허공은 정말로 심연 같았다. 저 아래에서 조그마한 불빛들이 아주 멀리 떨어져 있는 것처럼 희미하게 비쳤다. 만약 그게 저 아래에 있는 가로등이라면, 땅바닥은 그보다 훨씬 더 아래에 있을 것이다. 마르코발도는 상상할 수 없이 높은 허공 속에 매달려 있다는 것을 깨달았다. 갑자기 위에 높은 곳에서 녹색과 빨간색 불빛들이 나타났는데, 별자리처럼 불규칙한 형상으로 배치되어 있었다. 고개를 쳐들고 그 불빛들을 바라보던 마르코발도는 곧이어 걸음을 허공 속으로 내밀었고 아래로 곤두박질했다.

'이제 나는 죽었구나!' 하지만 바로 그 순간 그는 부드러운 땅 위에 앉아 있는 것을 발견했다. 그의 손에는 풀이 만져졌다. 전혀 다친 데 없이 풀밭 한가운데로 떨어진 것이다. 그렇게 멀리 떨어진 것처럼 보였던 아래의 불빛들은 땅바닥에 길게 설치된 조그마한 전등들이었다.

그런 전등을 설치하다니 이상한 곳이었지만, 길을 표시해 준 덕분에 아주 편리했다. 마르코발도의 두 발은 이제 풀을 밟지 않고 아스팔트 위를 걷고 있었다. 풀밭 한가운데에 널찍한 아스팔트 길이 나 있었고, 땅바닥에 맞닿은 그 전등 불빛들이 길을 비춰 주었다. 주위에는 아무것도 없었다. 단지 머리 위 아주 높은 곳에서 색깔 있는 희미한 불빛들이 나타났다 사라졌다 하고 있었다.

'이 아스팔트 길이 어딘가로 데려다 주겠지.' 마르코발도는 생각했다. 그리고 계속해서 따라갔다. 길이 두 갈래로 갈라진 곳에, 아니, 교차로에 이르렀다. 갈라진 길마다 그 나지막하고 작은 전등들이 옆에 나란히 켜져 있었으며, 바닥에는 거대한 숫자들이 적혀 있었다.

마르코발도는 실망했다. 주위에 온통 이 평평한 풀밭과 공허한 안개밖에 없다면 어느 쪽으로 갈 것인지 선택해 보아야 무슨 소용이 있단 말인가? 바로 그 순간 그는 사람 높이에서 불빛들이 움직이는 것을 보았다. 그것은 사람이었다. 정말로 어떤 사람이 노란색 작업복 차림으로(그렇게 보였다.) 두 팔을 벌리고 마치 기차역의 역장처럼 빛나는 신호판 두 개를 흔들고 있었다.

마르코발도는 그 사람을 향해 달려갔다. 그리고 그 앞에 닿기도 전에 숨을 헐떡이면서 말하기 시작했다. "어이, 이봐요. 말씀 좀 해 주세요, 이런 안개 속에서 어떻게 해야 할지……. 들어 봐요……."

"걱정하지 마십시오." 노란색 옷을 입은 사람은 침착하고 친절하게 대답했다. "1000미터 상공에는 안개가 없습니다. 안심하고 가십시오. 계단은 저 앞에 있습니다. 다른 사람들은 벌써 올라갔습니다."

어딘가 모호하지만 용기를 북돋는 말이었다. 마르코발도는 무엇보다도 가까운 곳에 다른 사람들이 있다는 말을 듣고 기뻤다. 다른 질문은 하지도 않고 그는 사람들이 있는 곳으로 나아갔다.

야릇한 말로 알려 준 계단은 바로 조그맣고 편안한 계단으로 양옆에는 두 개의 난간이 있었으며, 어둠 속에서 하얗게 빛나고 있었다. 마르코발도는 올라갔다. 조그마한 문의 입구에서 어느 아가씨가 바로 자신에게 하는 것인지 믿을 수 없을 정도로 아주 친절하게 인사를 했다.

마르코발도도 정중하게 인사했다. "존경합니다, 아가씨! 정말로 너무 아름답군요!" 습기에 완전히 젖어 추웠던 마르코발도는 실내의 피난처를 발견했다는 사실이 믿어지지 않았다.

그는 들어갔다. 밝은 불빛에 눈이 부셔 깜박거렸다. 그곳은 집 안이 아니었다. 어디에 와 있는 것일까? 버스 안이었다. 그는 자리가 많이 빈 버스 안에 있다고 믿었다. 그는 자리에 앉았다. 집으로 돌아갈 때 그는 대개 버스가 아니라 전차를 탔다. 전차표 값이 조금 더 쌌기 때문이다. 하지만 지금은 분명히 버스만 운행하는 아주 멀리 떨어진 곳에서 길을 잃은 상태였다. 틀림없이 막차가 분명한 이 버스를 적시에 만나 타다니 얼마나 행운인가! 그리고 푹신한 의자는 얼마나 부드럽고 아늑한가! 마르코발도는 이제 그런 사실을 알게 되었으니 앞으로는 언제나 버스를 타야겠다고 생각했다. 비록 승객들에게는 몇 가지 의무가 있었고(스피커에서 이런 말이 흘러나왔다. "승객 여러분……. 실내는 금연이오며, 안전띠를 매 주시기 바랍니다…….") 또한 출발할 때 엔진의 굉음이 지나칠 정도로 컸지만 말이다.

제복을 입은 사람이 의자 사이로 지나갔다. "미안합니다만, 검표원 양반." 마르코발도는 말했다. "판크라치오 판크라치에티 거리와 가까운 정류장이 있습니까?"

"무슨 말입니까, 손님? 첫 번째 기착지는 뭄바이입니다. 그다음에 콜카타와 싱가포르입니다."

마르코발도는 주위를 둘러보았다. 다른 좌석들에는 수염을 기르고 터번을 두른 인도 사람들이 무표정하게 앉아 있었다. 화려한 장식의 사리를 몸에 두르고 이마에 동그란 점을 칠한 여자들도 몇 명 있었다. 창문으로는 별이 가득한 밤하늘이 보였다. 이제 비행기는 두꺼운 안개 담요를 빠져나와 아주 고도가 높고 투명한 하늘을 날고 있었다.

봄

# 13  강물이 가장 푸르른 곳

아주 단순한 식품 안에도 갖가지 위협과 함정, 속임수가 담긴 시절이었다. 신문에는 하루도 빠뜨리지 않고 시장에서 발견된 끔찍한 것에 대한 기사가 실렸다. 치즈는 플라스틱 재료로 만들어졌고, 버터는 스테아린 양초로 만들어졌고, 채소와 과일에는 살충제의 비소 성분이 비타민보다 더 많이 농축되었고, 닭을 살찌우기 위해 특수 합성 알약을 잔뜩 먹였는데, 그런 닭다리 하나를 먹은 사람을 아예 닭으로 변화시킬 수 있을 정도였다. 신선한 생선은 바로 일 년 전에 아이슬란드에서 잡은 것인데, 어제 잡은 것처럼 보이도록 생선 눈알에다 화장을 하기도 했다. 우유병에서는, 산 것인지 죽은 것인지 알 수 없는 생쥐가 튀어나오기도 했다. 기름병에서는 황금빛 올리브기름이 나오지 않고, 늙은 노새의 지방을 증류한 기름이 흘러나왔다.

마르코발도는 일터에서나 카페에서 그런 이야기를 들었고, 그때마다 위장 속에서 노새가 발길질을 하거나, 아니면 식도 안으로 생쥐가 달려가는 것 같은 느낌이었다. 집에서 아내 도미틸라가 시장에서 돌아올 때면, 예전에는 샐러리, 가지, 야채, 식료품 가게나 소시지 가게의 거칠거칠한 다공질 포장 종이가 담긴 시장바구니의 모습이 커다란 기쁨을 주었는데, 이제는 마치 적대적인 존재들이 집 안으로 침입해 들어오는 것처럼 두려움을 안겨 주었다.

'믿을 수 없는 투기꾼들의 손을 거치지 않고 가족에게 음식을 공급하는 것에 집중해서 온갖 노력을 기울여야 해.' 그는 스스로에게 다짐했다. 아침에 일터로 가면서 때로는 고무장화를 신고 낚싯대를 메고 강가로 가는 사람들을 만나곤 했다. '저것이 해결책이야.' 마르코발도는 생각했다. 하지만 그곳 도시의 강에는 쓰레기와 하수, 오물이 모여들었고, 생각만 해도 역겨움이 훅 치솟았다. 그는 생각했다. '정말로 강물다운 강물이 흐르고, 정말로 물고기다운 물고기가 있는 곳을 찾아야 해. 바로 그곳에다 낚싯대를 드리울 거야.'

낮이 점점 길어지기 시작했다. 일과가 끝난 뒤 마르코발도는 스쿠터를 타고 도시 근처의 산으로 가서 강의 줄기와 그 지류들을 탐험하기 시작했다. 특히 아스팔트 길에서 가능한 한 멀리 떨어져서 강물이 흐르는 구간들이 그의 관심을 끌었다. 그는 버드나무 사이로 난 오솔길을 따라 스쿠터를 타고 갈 수 있는 곳까지 갔다. 그런 다음 스쿠터를 덤불 사이에 세워 두고 걸어서 강물 줄기가 보이는 곳까지 갔다. 한번은 길을 잃었다. 덤불이 우거지고 험준한 절벽으로 돌아다녔지만, 아무 오솔길도 찾을 수 없었다. 강이 어느 쪽에 있는지도 알 수 없었다. 그러다가 나뭇가지들을 헤치자 갑자기 발아래 가까운 곳에 고요한 강물이 보였다. 잔잔한 작은 호수처럼 강폭이 넓어진 곳이었고, 강물은 마치 산속의 호수처럼 푸르른 빛깔이었다.

마르코발도는 흥분을 억누르고 아래 강물의 섬세한 잔물결 사이를 자세히 살펴보았다. 그리고 마침내 그의 집요한 노력은 보상을 받았다! 수면 가까이에서 물고기 지느러미가 틀림없이 번득였고, 이어서 또 한 마리, 그리고 또 한 마리가 보였다. 그는 자기 눈을 믿을 수 없을 정도로 행복했다. 그곳은 강 전체의 모든 물고기가 모여드는 곳이었고, 아직 자기 외에는 아무에게도 알려지지 않은 낚시꾼들의 천국이 분명했다. 집으로 돌아오면서(벌써 날이 어두워지고 있었다.) 그는 길을 다시 찾을 수 있도록 걸음을 멈추고 떡갈나무 껍질 위에다 표시를 새겨 두었고, 일부 지점에는 돌멩이들을 쌓아 두었다.

이제 장비를 마련하는 일만 남아 있었다. 사실 마르코발도는 거기에 대해 벌써 생각해 두었다. 이웃집 사람들과 회사 사람들 중에서 10여 명의 열광적인 낚시꾼을 이미 확인해 둔 것이다. 확신이 서자마자 그는 은근한 힌트와 암시로 그들 각자에게 오로지 자신만이 아는 잉어가 가득한 장소를 알려 주겠다고 약속한 후, 이 사람에게서 조금 빌리고 다른 사람에게서 조금 빌림으로써, 전혀 본 적 없을 정도로 가장 완벽한 낚시 장비를 갖추는 데 성공했다.

이제 그에게는 부족한 것이 전혀 없었다. 낚싯대, 낚싯줄, 바늘, 미끼, 뜰망, 장화, 바구니가 준비되었고, 이제 어느 멋진 날 아침 일하러 가기 전에 두 시간 동안(6시에서 8시까지) 잉어가 가득한 강으로 가기만 하면 되었다……. 고기를 잡지 못할 수도 있을까? 사실 낚싯대를 던지자마자 잡혔다. 잉어들은 조금도 의심하지 않고 미끼를 물었다. 낚시로 그렇게 손쉬운 것을 보고 마르코발도는 그물로 시도해 보았다. 잉어들은 그물 속으로 머리를 처박고 달려들었다.

돌아갈 시간이 되었을 때 바구니는 물고기로 이미 가득했다. 마르코발도는 길을 찾아 강을 거슬러 올라갔다.

"어이, 당신!" 강기슭의 어느 굽어진 곳에서 순찰대 모자를 쓴 사람이 미루나무 사이에 서서 험상궂은 표정으로 그를 쏘아보고 있었다.

"저요? 무슨 일이죠?" 마르코발도는 자신이 잡은 잉어들을 향한 모종의 위협을 느끼면서 말했다.

"그 물고기들 어디에서 잡았소?" 순찰대원이 물었다.

"에? 왜요?" 마르코발도는 벌써 심장이 목에 걸린 느낌이었다.

"만약 저 아래에서 잡았다면 당장 내버리시오. 여기 산에 있는 공장 못 봤소?" 그리고 실제로 기다랗고 나지막한 건물을 가리켰다. 그 건물은 강의 후미진 곳을 돌자 버드나무들 저쪽에서 보였는데, 대기 속으로 연기를 내뿜었고, 강물 속으로는 자주색과 보라색에 가까운 믿을 수 없는 색깔로 빽빽한 구름을 내뿜고 있었다. "최소한 강물이 어떤 색깔인지는 보았을 것이오! 저건 페인트 공장이라오. 강물은 저 푸른 것 때문에 중독되었고 물고기들도 마찬가지요. 당장 내버리시오! 그러지 않으면 압수하겠소!"

마르코발도는 이제 냄새만으로도 충분히 중독된 것 같아 가능한 한 빨리 물고기를 내버리고 거기에서 벗어나고 싶었다. 하지만 순찰대원 앞에서 그렇게 흉한 모습을 보이고 싶지 않았다. "만약 저 위에서 잡았다면요?"

"그것 역시 골칫덩어리요. 내가 압수하고 벌금을 물릴 테니까. 공장 위쪽에는 물고기 보호 구역이오. 저기 표지판 보이시오?"

"사실 저는……." 마르코발도는 서둘러 말했다. "그냥 낚싯대를 갖고 다녀요. 친구들에게 자랑하려고 말이오. 물고기는 여기 가까운 지역의 생선 가게에서 산 것이고요."

"그렇다면 더 말할 것이 없소. 다만 그 물고기를 도시로 가져가려면 세금을 내야 하오. 여기는 도시 관할 구역 밖이니까."

마르코발도는 벌써 고기 바구니를 열고 강물 속으로 쏟아부었다. 잉어 몇 마리는 아직도 살아 있는지 만족스럽게 번득이며 헤엄쳐 갔다.

여름

# I4 달과 냑

　이십 초 동안 밤이 지속되었고, 이어서 이십 초 동안 '냑'이 지속
되었다. 이십 초 동안 검은 구름이 점점이 흩어진 푸른 하늘이 보이
고, 아주 섬세한 후광이 서린 낫 모양의 황금빛 초승달이 보이고, 먼
지 같은 은하수의 잔별들처럼 보면 볼수록 더욱 강렬하게 예리해지
는 작은 별들이 보였다. 그 모든 것은 아주 재빨리 나타났다가 사라
졌다. 어느 한 곳만 바라보다가는 전체에서 무엇인가를 놓쳤다. 왜냐
하면 이십 초는 금세 끝났고 냑이 시작되었기 때문이다.

　냑은 맞은편 지붕 위의 네온 광고판 글씨 '스파크 코냑(SPAAK-
COGNAC)'의 일부였다. 광고판은 이십 초 동안 켜졌고 이십 초 동안
꺼졌으며, 켜져 있을 때에는 다른 것이 전혀 보이지 않았다. 달은 갑
자기 희미하게 흐릿해졌고, 하늘은 평탄하고 획일적인 검은색으로
바뀌었고, 별들은 반짝거림을 잃었다. 그리고 십 초 전부터 지붕 난
간과 빗물 홈통을 따라 서로를 향해 움직이면서 가냘픈 사랑의 웅얼

거림을 내뱉던 암고양이와 수고양이 들은, 이제 냑이 켜지는 순간, 네온의 푸르스름한 빛 속에서 털을 곤두세운 채 기왓장 위에 납작 엎드렸다.

자신들이 생활하는 고미 다락방에서 창밖을 바라보는 마르코발도 가족에게는 서로 엇갈린 생각의 행렬이 스쳐 지나갔다. 밤이 지속되는 동안 이제 다 큰 아가씨 이솔리나는 창백한 달빛 속으로 날아오르는 느낌이었다. 그녀의 가슴은 열망으로 가득했고, 공동 주택의 아래층에서 들려오는 라디오의 희미한 잡음마저 그녀에게는 세레나데의 여운처럼 들렸다. 그러다가 냑이 켜지면 라디오는 다른 리듬으로, 재즈 리듬으로 바뀌는 것 같았고, 이솔리나는 불빛이 휘황찬란한 무도회를 생각했으며, 불쌍하게 지붕 위에 혼자 있는 자신을 생각했다. 피에트루초와 미켈리노는 밤이 지속되는 동안 눈을 동그랗게 떴고 산적들이 가득한 어두운 숲 속에 둘러싸여 있는 것 같은 부드럽고 따스한 두려움에 휩싸였다. 그러다가 냑! 하고 켜지면 아이들은 엄지와 검지를 치켜세우고 서로를 겨누면서 소리쳤다. "손들어! 나는 슈퍼맨이다!" 엄마 도미틸라는 밤이 꺼질 때마다 생각했다. '이제 아이들을 불러들여야겠어. 이런 공기는 해로울 수 있어. 그리고 이 시간에 이솔리나가 얼굴을 내밀고 있는 것은 좋지 않은 일이야!' 하지만 갑자기 또다시 밖이나 안이나 네온 전깃불로 환히 빛나면, 도미틸라는 화려한 집을 방문한 듯한 느낌이 들었다.

반면에 울적한 젊은이 피오르달리지는 냑(GNAC)이 꺼질 때마다 글자 G의 우묵한 곳 안에서 어느 고미 다락방의 희미하게 비치는 창문이 나타나는 것을 보았고, 창문 뒤에서 한 아가씨의 얼굴이, 창백한 달빛, 네온 빛깔, 밤의 불빛 색깔이 뒤섞인 얼굴이 나타나는 것을 보았다. 아직도 소녀 같은 그녀의 입은 그가 미소를 보낼 때마다 거의 감지할 수 없게 살짝 벌어졌고 미소로 열리는 것처럼 보였다. 그런데 갑자기 어둠 속에서 냑의 그 잔인한 G가 다시 튀어나왔다. 그러면 그녀의 얼굴은 형태를 잃었고, 희미하고 창백한 그림자로 바뀌었으며, 소녀 같은 입이 자신의 미소에 대답했는지 알 수 없었다.

그런 열정의 폭풍우 속에서 마르코발도는 아이들에게 별자리의 위치를 가르쳐 주려고 노력했다.

"저것이 큰곰자리야. 하나, 둘, 셋, 넷, 그리고 저기 손잡이가 있지. 저것이 작은곰자리야. 북극성은 북쪽을 가리키고 있어."

"그럼 저 다른 것은 뭐예요?"

"저건 C야. 하지만 저것은 별과 상관없어. '코냑'이라는 말의 마지막 글자란다. 그런데 별들은 주요 방향을 가리키고 있지. 동서남북 말이야. 저 달은 서쪽으로 등이 굽어져 있잖아. 서쪽으로 굽어지면 초승달, 동쪽으로 굽어지면 그믐달이야."

"아빠, 그럼 코냑은 그믐달이에요? C가 동쪽으로 굽어져 있잖아요!"

"그건 그믐달이나 초승달과는 상관없는 것이야. 저것은 '스파크' 회사가 세워 놓은 간판이야."

"그러면 달은 어떤 회사가 세워 놓았어요?"

"달은 어떤 회사가 세워 놓은 것이 아니야. 달은 위성이고, 언제나 그 자리에 있어."

"언제나 그 자리에 있는데 왜 굽어진 곳이 바뀌어요?"

"상현과 하현이라는 것이야. 그래서 일부만 보여."

"코냑도 일부분만 보이는데요."

"그건 더 높은 피에르베르나르디 빌딩의 지붕에 가려 있기 때문이야."

"달보다 더 높아요?"

그렇게 낙이 켜질 때마다 마르코발도가 가리키는 별들과 지상의 상품들은 혼동되었고, 이솔리나의 한숨은 나지막한 맘보의 흥얼거림으로 바뀌었다. 그리고 고미 다락방의 아가씨는 그 눈부시고 차가운 네온 글씨 속으로 사라지면서, 피오르달리지가 마침내 용기를 내어 손가락 끝에 실어 보낸 키스에 대한 그녀의 대답을 감추어 버렸다. 필리페토와 미켈리노는 주먹을 얼굴 앞에 들고 비행기 기총사격 놀이를 했다. "타타타타······." 하고 눈부신 글씨를 겨냥했고, 글씨는 이십 초 후에 꺼졌다.

"타타타타······. 아빠, 봤죠? 내가 단 한 번 사격해서 꺼 버렸어요." 필리페토가 말했다. 하지만 네온 불빛이 꺼지자 아이의 전투적 열망도 사라졌고, 눈에는 졸음이 가득했다.

"정말 그래!" 마르코발도는 무심결에 말이 튀어나왔다. "만약 산산이 부서져 버린다면! 그럼 너희들에게 사자자리, 쌍둥이자리를 보여 줄 텐데······."

"사자요?" 미켈리노는 열광에 사로잡혔다. "잠깐 기다려요!" 아이디어가 떠올랐다. 아이는 새총을 꺼내들더니 언제나 예비로 호주머니에 갖고 다니는 작은 돌멩이를 장전했다. 그리고 낙을 향해 있는 힘껏 작은 돌멩이 세례를 퍼부었다.

맞은편 지붕의 기왓장과 빗물 홈통의 양철 위로 우박이 떨어지듯 돌멩이 떨어지는 소리가 들렸고, 창유리에 맞아 쨍그랑하는 소리, 돌멩이 하나가 가로등의 전등갓 위로 떨어져 땡그랑하는 소리도 들렸다. 아래의 길에서 외치는 소리도 들렸다. "돌멩이들이 떨어진다! 어이, 위에! 장난꾸러기 녀석!" 그런데 바로 돌멩이들을 쏘아 댄 순간 이십 초가 지나 네온 불빛이 꺼졌다. 그리고 고미 다락방에서는 모두들 마음속으로 숫자를 세기 시작했다. 하나 둘 셋 넷…… 열하나 열둘…… 스물까지 헤아렸다. 열아홉을 세고는 숨을 멈추었고 스물을 셌다. 스물하나, 스물둘을 셌다. 너무 빠르게 숫자를 셌는지 모른다는 두려움과 함께. 하지만 아니었다. 아무 일도 일어나지 않았다. 냑은 다시 켜지지 않았고, 마치 포도 덩굴이 정자에 매달려 있는 것처럼 구불구불한 검은 선들이 전혀 알아볼 수 없게 받침대에 걸려 있었다. "아아아!" 모두들 소리를 질렀다. 둥근 하늘은 그들의 머리 위로 무수한 별들과 함께 높이 솟아 있었다.

마르코발도는 미켈리노를 한 대 때려 주려고 쳐들었던 손을 멈추었는데, 마치 자신이 우주 공간 속으로 투사된 것 같은 느낌이었다. 이제 지붕 위를 지배하는 어둠은 마치 검은 장벽처럼 저 아래 세상을 가로막고 있었다. 저 아래 세상에는 여전히 빨강, 파랑, 노랑 상형 문자들이 계속해서 소용돌이쳤고, 신호등은 계속 눈을 깜박였고, 텅 빈 전차들이 눈부시게 돌아다녔고, 보이지 않는 자동차들은 헤드라이트의 원추형 불빛을 앞으로 밀며 나아가고 있었다. 그런 세상에서 연기처럼 희미하고 흩어진 푸르스름한 빛만 위로 올라왔다. 그리고 이제 눈부시지 않은 시선을 위로 쳐들면, 무한한 공간들의 전망이 펼쳐졌고, 별자리들이 깊은 심연 속으로 확장되었고, 창공이 온 사방으로 회전하였고, 천체는 모든 것을 포함하고 또한 어떤 한계에도 포함되지 않으면서 오로지 한 군데 덜 빽빽한 곳이 마치 돌파구처럼 금성 쪽으로 열려 있음으로써, 오직 금성만이 단 한 지점으로 집중되고 폭발되는 빛의 확고한 강렬함으로 지구의 테두리 위쪽에서 돋보이게 만들었다.

그런 하늘에 매달린 채 새롭게 돋아나는 달은 반달의 추상적인 겉모습을 과시하기보다 지구에서 사라진 태양의 비스듬한 빛살에 의해 주위에 빛나는 불투명한 천체로서의 자기 본모습을 드러내고 있었다. 하지만 그러면서도 초여름 밤들에만 볼 수 있는 것처럼 그 따뜻한 색깔을 간직하고 있었다. 그리고 마르코발도는 빛과 그림자 사이 바로 그곳에서 잘려 나간 달의 그 좁은 부분을 바라보면서, 마치 밤에 기적적으로 햇빛이 비치는 바닷가에 닿은 것처럼 일종의 향수를 느꼈다.

그렇게 고미 다락방에서 얼굴을 내민 채 아이들은 자기들 장난의 엄청난 결과에 깜짝 놀라 있었고, 이솔리나는 마치 황홀경에 빠져 있는 것 같았고, 피오르달리지는 모든 사람들 중에서 유일하게 희미하게 빛나는 유리창을 찾아냈고, 마침내 아가씨의 달빛 같은 미소를 찾아냈다. 엄마는 정신을 차렸다. "자, 이제 밤이 늦었다. 그렇게 얼굴을 내밀고 뭐 하고 있는 거야? 저런 달빛 아래에서는 병이 날 수도 있어!"

미켈리노는 하늘을 향해 새총을 겨누었다. "그럼 내가 달을 꺼 버릴게요!" 하지만 머리채를 잡혀 잠자리로 끌려갔다.

그리하여 그날 밤 나머지와 이튿날 밤 내내 맞은편 지붕 위의 네온 불빛 글씨는 단지 '스파크 코'만 켜졌고, 마르코발도의 고미 다락방에서는 창공이 보였다. 피오르달리지와 달빛 아가씨는 손가락 위에 키스를 실어 서로에게 보냈고, 혹시 그 무언의 대화를 통해 약속을 정하는 데 성공했는지도 모른다.

하지만 둘째 날 아침 지붕에서는 네온 글씨의 받침대 사이에 작업복을 입은 전기 기사 두 명이 매달려 있는 것이 희미하게 보였다. 그들은 전선과 유리관을 점검하고 있었다. 내일 날씨가 어떨 것인지 예상하는 노인들처럼 마르코발도는 밖으로 코를 내밀고 말했다. "오늘은 또다시 냑의 밤이 되겠군."

누군가가 고미 다락방의 문을 두드렸다. 그들은 문을 열었다. 안경을 쓴 어느 신사가 있었다. "미안합니다만, 댁의 창문에서 밖을 한번 내다볼 수 있을까요? 감사합니다." 그러면서 자신을 소개했다. "저는 네온사인 광고 회사의 고디프레도 박사입니다."

'이제 우리는 망했구나! 우리에게 손해 배상을 청구하려는 거야.' 마르코발도는 생각했다. 그리고 밤하늘에 매료되었던 자신을 잊고 벌써 눈으로 아이들을 잡아먹을 태세였다. '이제 창문에서 바라보고 돌멩이를 여기에서밖에 쏠 수 없다는 것을 알아차리겠지.' 그리고 미리 방비책을 세우려고 했다. "저, 아시겠지만, 아이들이라서……. 그저 참새들에게 작은 돌멩이를 쏘지요. 저로서는 '스파크' 회사의 저 글씨가 어떻게 고장 났는지 모르겠습니다. 하지만 제가 혼내 주었습니다. 그래요. 혼냈습니다! 그러니 안심하셔도 됩니다. 앞으로는 절대 그러지 않을 것입니다."

고디프레도 박사는 흥미롭다는 표정이었다. "사실 저는 '스파크' 회사가 아니라 '코냑 토마와크(Cognac Tomawak)' 회사와 일합니다. 이 지붕 위에 네온사인 광고판을 설치할 수 있을지 알아보려고 왔지요. 하지만 말해 보십시오. 계속 말해 보세요. 흥미롭군요."

그렇게 해서 마르코발도는 삼십 분 후 '스파크' 회사의 주요 경쟁사인 '코냑 토마와크' 회사와 계약을 체결했다. 아이들은 네온 글씨가 켜질 때마다 냐을 향해 새총을 쏘아야 했다.

"낙숫물이 돌을 뚫는 법이지요." 고디프레도 박사는 말했다. 그리고 그 말은 틀리지 않았다. 과도한 광고비 지출로 벌써 파산 직전에 있던 '스파크' 회사는 마치 나쁜 징조처럼 가장 멋진 네온 광고판의 끊임없는 고장에 직면해야 했다. 때로는 COGAC으로, 때로는 CONAC으로, 또 때로는 CONC으로 켜지는 글씨는 회사의 채권자들 사이에 재정 위기 관념을 확산시켰다. 그러다 어느 순간 광고 회사는 체불 비용을 지불하지 않으면 더 이상 수리하지 않겠다고 거부했다. 불 꺼진 네온 글씨는 채권자들 사이에 경각심을 고조시켰고, 결국 '스파크' 회사는 도산했다.

마르코발도의 하늘에서 보름달은 찬란함과 함께 완전히 둥글게 빛났다.

그러다 하현달이 되었을 때 전기 기사들이 맞은편 지붕 위로 다시 기어 올라갔다. 그리고 그날 밤 불꽃 같은 글씨로, 이전보다 두 배나 더 높고 빽빽한 글씨로 '코냑 토마와크'가 켜졌고, 이제 더 이상 달도, 창공도, 하늘도, 밤도 없었다. 오로지 '코냑 토마와크', '코냑 토마와크', '코냑 토마와크'가 매 이 초마다 켜졌다 꺼졌다 했을 뿐이다.

가장 충격을 받은 사람은 피오르달리지였다. 달빛 아가씨의 창문이 절대 꿰뚫을 수 없는 엄청난 W자 너머로 사라져 버렸기 때문이다.

# 가을

## 15 비와 잎사귀

회사의 여러 가지 다른 잡무들 중에서 현관의 화분에 담긴 화초에 매일 아침 물을 주는 것은 마르코발도 담당이었다. 그 화초는 집에서 기르는 녹색 식물들 중 하나로 줄기가 곧고 가늘며 그 줄기의 이쪽저쪽에서 돋아난 기다란 잎자루에 넓적하고 반들거리는 잎사귀가 붙어 있었다. 간단히 말해 화초 형태의 화초들 중 하나였고, 진짜처럼 보이지 않는 잎사귀 형태의 잎사귀가 달려 있었다. 하지만 어쨌든 화초였고, 화초로서 고통을 겪고 있었다. 왜냐하면 커튼과 우산꽂이 사이에 있으면서 햇빛, 공기, 이슬이 부족했기 때문이다. 마르코발도는 매일 아침 무언가 좋지 않은 징후를 발견하곤 했다. 어떤 잎에서는 잎자루가 잎사귀의 무게를 견디지 못하는 것처럼 축 처져 있었고, 다른 잎에는 마치 홍역을 앓는 어린이의 뺨처럼 검붉은 반점이 나타나기 시작했고, 또 다른 잎사귀는 끝이 노랗게 변해 갔다. 그러다가 결국 이쪽 또는 저쪽에서 뚝! 하고 잎이 바닥에 떨어졌다. 그러는 동안 가장 가슴 아프게 한 사건으로, 화초 줄기가 더 이상 정상적으로 잎사귀도 나지 않은 채 헐벗은 지팡이처럼 키만 높게 자라났고, 줄기 꼭대기에는 작은 잎들의 무더기가 자라나 마치 야자수처럼 보였다.

마르코발도는 바닥에서 떨어진 잎들을 치우고 건강한 잎들의 먼지를 닦아 주었으며, 화초 뿌리에다 물뿌리개로 물을 반 통 뿌려 주었다. 물이 넘쳐 바닥 타일을 더럽히지 않도록 천천히 뿌렸고, 화분의 흙은 금세 물을 빨아들였다. 이 단순한 행위에다 그는 자신의 다른 어떤 일보다 많은 관심을 기울였는데, 마치 가족 중 한 사람의 불행에 연민을 느끼는 것과 같았다. 그리고 한숨을 쉬었다. 화초 때문인지, 아니면 자기 자신 때문인지 알 수 없었다. 왜냐하면 회사의 벽들 사이에 놓이 비쩍 마른 그 화초가 불행한 자신의 모습과 닮았다는 생각이 들었기 때문이다.

그 화초는(혼자만이 전체 식물계를 대표해야 하는 상황에서 보다 구체적인 이름은 아무 소용 없는 것처럼 단순하게 그렇게 불렀다.) 마르코발도의 삶 속으로 들어갔고, 밤낮으로 매 순간마다 그의 생각을 지배할 정도가 되었다. 이제 마르코발도가 구름 낀 하늘을 바라보는 시선은 혹시 우산을 가져가야 할지 아닌지 고민하는 도시인의 시선이 아니라 날마다 가뭄이 끝나기를 기대하는 농부의 시선이었다. 그리고 일을 하다가 고개를 들어 창고의 조그마한 창문 너머 역광 사이로 빗줄기가 빽빽하게 내리기 시작했다는 것을 깨닫자마자 그는 모든 것을 제쳐 두고 화초에게 달려갔다. 그리고 화분을 팔에 안고 밖으로 나가 뜰에다 내려놓았다.

화초는 잎사귀로 흘러내리는 빗물을 느끼고 빗방울을 향해 가능한 한 표면을 넓게 펼치려고 확장되는 것 같았고, 기쁨에 겨워 더욱 빛나는 녹색으로 물드는 것 같았다. 아니면 최소한 마르코발도에게는 그렇게 보였다. 그는 비를 피할 생각도 없이 멈추어 서서 화초를 바라보았다.

그렇게 뜰에서 사람과 화초가 서로를 마주 보며 서 있었다. 사람은 마치 비를 맞으면서 화초의 감각을 느끼고 있는 것 같았고, 탁 트인 공기와 자연의 현상에 익숙하지 않은 화초는 마치 갑자기 머리에서 발끝까지 입고 있던 옷과 함께 흠뻑 젖게 된 사람처럼 깜짝 놀란 것 같았다. 마르코발도는 코를 위로 쳐들고 비의 냄새, 그에게는 숲과 풀밭의 냄새까지 서려 있는 냄새를 음미했다. 그리고 머릿속으로는 불분명한 기억을 뒤쫓고 있었다. 하지만 그 기억들 중에서 가장 분명하고 가까운 것은 매년 그를 괴롭히는 류머티즘 통증의 기억이었고, 그래서 서둘러 건물 안으로 돌아갔다.

일과가 끝난 뒤 회사 문을 닫아야 했다. 마르코발도는 창고 책임자 작업반장에게 물었다. "화초를 저기 뜰에 놔두어도 될까요?"

작업반장 빌리젤모 씨는 부담스러운 책임을 회피하려는 사람이었다. "당신 미쳤어? 만약 누가 훔쳐 가면 어쩌려고? 누가 그 책임을 지지?"

하지만 마르코발도는 화초가 비에서 얻는 혜택을 보고 건물 안으로 다시 들여놓고 싶지 않았다. 그건 하늘의 선물을 낭비하는 것이니까. 그래서 제안했다. "제가 내일 아침까지 보관할 수 있어요……. 자전거 짐받이에다 싣고 집으로 가져갈게요……. 그러면 가능한 한 많은 비를 맞을 수 있을 겁니다……."

빌리젤모 씨는 잠시 생각하더니 응낙했다. "그러니까 당신이 책임을 지겠다는 말이군."

마르코발도는 역수같이 쏟아지는 빗속에 도시를 가로질러 갔다. 방수 비옷을 머리까지 뒤집어쓴 그는 모터가 달린 자전거의 핸들 위에 구부정하게 몸을 숙이고 있었다. 뒤의 짐받이 위에 화분을 묶어 두었고, 그리하여 자전거와 사람과 화초는 한 덩어리처럼 보였다. 아니, 비옷을 뒤집어쓴 구부정한 사람은 사라지고 단지 자전거에 실린 화초만 보였다. 이따금 비옷 아래에서 마르코발도는 고개를 돌리고, 빗방울을 맞은 잎사귀가 등 뒤에서 펄럭이는 것을 보았다. 그럴 때마다 화초는 더 커지고 잎사귀가 더 무성해진 것 같았다.

지붕 위에 창턱이 있는 고미 다락방 집으로 마르코발도가 화분을 안고 돌아가자 아이들은 주위를 맴돌기 시작했다.

"크리스마스트리다! 크리스마스트리다!"

"아니야. 너희들 무슨 생각을 하는 거야? 크리스마스가 되려면 아직 멀었어! 잎사귀가 약하니까 조심해!" 마르코발도는 말했다.

"집이 정어리 통조림 깡통처럼 비좁은데, 나무까지 들여놓으면 우리가 밖으로 나가야겠군……." 아내 도미틸라가 투덜거렸다.

"이건 조그마한 화초야! 창턱에 올려놓으면 돼……."

창턱에 올려놓은 화초의 그림자는 방에서도 보였다. 마르코발도는 저녁을 먹으면서 접시를 보지 않고 창문의 유리 너머를 바라보았다.

반지하방을 떠나 고미 다락방으로 옮긴 뒤로 마르코발도와 가족의 생활은 많이 나아졌다. 하지만 지붕에서 사는 데에도 나름대로 불편한 점들이 있었다. 예를 들면 천장에서 빗방울이 샜다. 빗방울은 정해진 너덧 군데에서 규칙적인 간격으로 떨어졌고, 마르코발도는 그 아래에다 깡통과 냄비를 놓아두었다. 비가 내리는 밤 모두 잠자리에 들었을 때, 빗방울이 딱-똑-뚝 떨어지는 소리가 들렸고, 그것은 류머티즘의 불길한 예감처럼 오싹하게 만들었다. 하지만 그날 밤 마르코발도는 불안한 마음에 잠이 깰 때마다 귀를 기울였고, 그 딱-똑-뚝 소리는 경쾌한 음악 같았다. 그것은 비가 부드럽고 끊임없이 계속 내리고 있으며, 화초에 자양분을 주고, 섬세한 줄기를 통해 수액을 밀어올리고, 잎사귀들을 돛처럼 펼치고 있다는 것을 말해 주었다. '내일 나가 보면 많이 자라 있을 거야.' 마르코발도는 생각했다.

하지만 그렇게 미리 짐작했는데도 아침에 창문을 열어 보고 나서 자기 눈을 믿을 수 없었다. 화초는 이제 창문을 절반이나 가리고 있었고, 잎사귀는 최소한 두 배나 숫자가 늘어났는데, 무게에 눌려 축 처져 있는 것이 아니라 칼날처럼 날카롭고 팽팽했다. 마르코발도는 화분을 가슴에 단단히 껴안고 계단을 내려와 짐받이에 싣고 회사로 달려갔다.

비는 그쳤지만 날씨는 불확실했다. 마르코발도가 아직 안장에서 내리기도 전에 빗방울 몇 개가 떨어지기 시작했다. 그는 생각했다. '이렇게 효과가 있으니 뜰에 그대로 놔둬야겠어.'

창고에서 그는 이따금 뜰 쪽으로 난 작은 창문으로 가서 밖을 내다보았다. 그렇게 산만한 작업 태도에 창고 책임자 작업반장은 언짢았다. "그래, 오늘은 또 무엇을 내다보는 거지?"

"자라고 있어요! 빌리젤모 반장님, 이쪽으로 한번 와 보세요!" 마르코발도는 작업반장에게 손짓을 했고, 마치 화초가 알아차리면 안 된다는 듯이 나지막한 목소리로 말했다. "얼마나 잘 자라는지 보세요! 정말 많이 자랐지요?"

"그래, 상당히 많이 자랐군." 작업반장은 인정했다. 그것은 마르코발도에게 있어 회사 생활이 구성원에게 허용하는 만족감 중의 하나였다.

토요일이었다. 작업은 1시에 끝났고 월요일까지는 회사에 가지 않았다. 마르코발도는 화초를 다시 집으로 가져가고 싶었지만, 이제 더 이상 비도 오지 않았기 때문에 어떤 구실을 찾아야 할지 몰랐다. 하지만 하늘은 완전히 개어 있지 않았다. 검은 구름들이 무리를 이루어 여기에 약간, 저기에 약간 흩어져 있었다. 그는 작업반장에게로 갔다. 기상학에 관심이 많은 작업반장은 책상 위에다 기압계를 걸어 두었다. "날씨가 어때요, 빌리젤모 반장님?"

"나쁘지, 계속 나빠. 그리고 여기는 비가 오지 않지만 내가 사는 구역에는 비가 오고 있어. 방금 아내에게 전화를 했지."

"그렇다면……." 마르코발도는 서둘러 제안했다. "제가 화초를 비가 오는 곳으로 가져가겠습니다." 허락을 받은 그는 다시 화분을 자전거 짐받이에다 실었다.

토요일 오후와 일요일을 마르코발도는 이렇게 보냈다. 뒤에다 화초를 실은 채 모터 달린 자전거를 타고 비틀거리면서 하늘을 살펴보았고, 틀림없어 보이는 구름을 찾았고, 비를 만날 때까지 길거리를 달렸다. 이따금 몸을 돌려 화초가 조금 더 커진 것을 보았다. 화초는 택시만큼 자랐고, 트럭만큼 자랐고, 전차만큼 높게 자랐다! 그리고 더욱 넓은 잎사귀들에서는 그의 방수 비옷 위로 마치 샤워할 때처럼 빗방울이 흘러내렸다.

이제는 바퀴 두 개 위에 실린 나무 같았고, 그 나무는 도시를 달려가며 교통 경찰관과 운전자와 보행자를 어리둥절하게 만들었다. 또한 그와 동시에 구름은 바람의 길을 달려가면서 이쪽 구역에 비를 뿌렸다가 다시 떠나곤 했다. 사람들은 한 손을 내밀어 보고 우산을 접었다. 그리고 마르코발도는 핸들 위에 구부정한 모습으로 머리끝까지 비옷을 뒤집어쓰고 코빼기만 내민 채 도로와 길과 광장을 지나갔고, 온통 가스를 내뿜는 조그마한 모터와 함께 빗방울의 궤적을 따라 화초를 싣고 갔다. 마치 구름이 뒤에 끌고 가는 비의 흔적에 잎사귀들이 사로잡힌 것 같았고, 따라서 모든 것이, 그러니까 바람과 구름과 비와 화초와 자전거 바퀴가 하나의 힘에 이끌려 달려가는 것 같았다.

월요일에 마르코발도는 빈 손으로 빌리젤모 씨 앞에 나타났다.

"화초는?" 창고 책임자 작업반장은 곧바로 물었다.

"밖에 있어요. 와 보세요."

"어디 있어? 안 보이는데." 빌리젤모 씨는 말했다.

"저거예요. 약간 자랐어요……." 그리고 마르코발도는 3층까지 닿는 나무를 가리켰다. 이제 더 이상 옛날의 화분이 아니라 일종의 통에 심어져 있었고, 마르코발도는 자전거 대신 화물용 삼륜 오토바이를 빌려야 했다.

"아니, 그래서?" 작업반장은 화를 냈다. "저것을 어떻게 현관에 들여놓겠어? 문으로 지나갈 수도 없잖아!"

마르코발도는 어깨를 움찔했다.

"유일한 방법은 화원에 갖다 주고 적당한 크기의 다른 화초로 바꿔 오는 것이야!" 빌리젤모 씨는 말했다.

마르코발도는 다시 안장에 올라탔다. "갔다 올게요."

그는 다시 도시를 가로지르기 시작했다. 나무는 도로 한복판을 녹색으로 가득 채웠다. 교통 혼잡을 걱정한 경찰관들은 교차로마다 그를 세웠다. 마르코발도는 그 크기를 절반으로 줄이기 위해 화초를 화원으로 가져가는 중이라고 설명했고, 그러면 계속 가게 놔두었다. 하지만 계속 돌아다니기만 할 뿐 마르코발도는 화원으로 가는 길로 접어들려고 하지 않았다. 그렇게 성공적으로 기른 자신의 화초와 헤어질 마음이 없었다. 자신의 삶에서 그 화초를 키울 때만큼 커다란 만족감을 얻은 적이 없는 것 같았다.

그래서 계속 도로와 광장과 강변도로와 다리를 빙빙 돌고 있었다. 그러는 동안 열대 밀림 같은 잎사귀들은 더욱 커졌고, 그의 머리와 어깨와 팔을 뒤덮었고, 그는 녹색 속으로 거의 사라질 지경이었다. 그리고 세찬 빗줄기가 아직도 계속 쏟아져 뒤흔들었기 때문인지, 아니면 빗방울들이 점점 약해졌기 때문인지, 아니면 완전히 비가 그쳤기 때문인지, 그 모든 잎사귀와 잎자루와 아주 가늘게 남아 있던 줄기도 끊임없는 전율에 떨리듯이 흔들거리고 있었다.

비가 그쳤다. 석양 무렵이었다. 길거리 저쪽 집들 사이의 허공에 무지개와 뒤섞인 빛살이 내려앉았다. 화초는 비가 내리는 동안 지속된 그 충동적인 성장의 노력 끝에 이제 기진맥진한 것처럼 보였다. 마르코발도는 목적지 없이 계속 달리기만 하느라고 자기 등 뒤에서 잎사귀들이 하나하나 짙은 녹색에서 노란색으로, 황금빛 노란색으로 물드는 것을 깨닫지 못했다.

벌써 얼마 전부터 한 무리의 오토바이와 자동차와 자전거와 아이들이 도시를 가로질러 가는 나무를 뒤쫓고 있었다. 마르코발도는 그것을 전혀 몰랐다. 아이들은 소리쳤다. "바오밥 나무다! 바오밥 나무다!" 그리고 어른들은 "우와!" 하는 경탄과 함께 노랗게 물든 잎사귀들을 뒤쫓았다. 잎사귀 하나가 떨어져 날아가자 많은 손들이 뻗쳐 나와 날아가는 잎사귀를 잡으려고 했다.

　바람이 불기 시작했다. 갑작스런 돌풍에 황금빛 잎사귀들은 허공으로 펄럭이며 날아갔다. 마르코발도는 자기 등 뒤에 아직도 녹색으로 우거진 나무가 있다고 믿었는데, 아마 바람을 막아 주는 것이 없다는 느낌 때문이었는지 갑자기 몸을 돌려 보았다. 이제 나무가 없었다. 단지 한 무더기 헐벗은 잎자루들이 떨어져 나간 가느다란 줄기만 있었고, 저 위 꼭대기에 노란 잎사귀 하나만 아직 남아 있었다. 무지개 색깔에 나머지 모든 것이 검은색으로 보였다. 보도 위의 사람들도, 그 배경이 되는 건물들의 벽면도 검은색이었다. 그리고 그런 검은색을 배경으로 허공에는 무수하게 많은 황금빛 잎사귀들이 반짝거리면서 빙글빙글 날아다니고 있었다. 그리고 무수히 많은 빨간색과 장밋빛 손들이 잎사귀를 잡으려고 어둠 속에서 뻗쳐 나왔다. 바람은 저 끝에 있는 무지개를 향해 황금빛 잎사귀와 손과 함성을 올려 보냈다. 그리고 마지막 잎사귀도 떨어뜨렸다. 마지막 잎사귀는 노란색에서 오렌지색으로 바뀌었다가 다시 빨간색, 보라색, 파란색, 녹색으로 바뀌었다가 다시 노란색이 되었고, 그리고 사라졌다.

겨울

# 16 마르코발도 슈퍼마켓에 가다

저녁 6시가 되면 도시는 소비자들의 세상이 되었다. 낮 동안 내내 생산자 주민들의 주요 일과는 생산하는 것이었다. 그들은 소비재를 생산하다가 일정한 시간이 되면 마치 스위치를 켠 것처럼 생산을 중단했고, 출발! 모두들 소비에 뛰어들었다. 매일 일정한 시간이 되자마자 조명이 비치는 진열장 뒤에서는 마음을 뒤흔드는 꽃들이 꽃봉오리들을 터뜨렸고, 빨간 소시지들이 대롱거렸고, 도자기 접시들이 천장까지 닿을 정도로 탑을 이루었고, 옷감 두루마리들은 공작새 꼬리처럼 옷감을 펼쳤다. 그리고 소비자 군중이 몰려들어 만져 보고, 더듬어 보고, 펼쳐 보고, 휩쓸어 가기 시작한다. 사람들의 끊임없는 행렬이 모든 보도와 통로에 길게 늘어서고, 백화점에서는 유리문을 지나 모든 카운터 주위로 몰려들었고, 마치 끊임없는 피스톤 운동에 떠밀리듯이 각자 팔꿈치로 다른 사람의 갈비뼈를 밀치면서 움직였다. 소비하시오! 모두들 상품을 만지고, 다시 내려놓고, 다시 들어 보고, 서로의 손에서 빼앗아 갔다. 소비하시오! 창백한 여자 점원들은 카운터에 끝없이 속옷을 늘어놓았다. 소비하시오! 다채로운 끈 꾸러미들이 팽이처럼 돌았고, 꽃무늬 포장 종이들이 퍼덕이며 날개를 펼쳤고, 구입한 물건을 작은 꾸러미에 싸고, 작은 꾸러미를 꾸러미에 싸고, 꾸러미를 더 큰 꾸러미에 싸고 모든 것을 리본 매듭으로 묶었다. 그리고 큰 꾸러미, 중간 꾸러미, 작은 꾸러미, 가방, 핸드백이 계산대 주위로 소용돌이치며 몰려들었고, 손은 핸드백을 열고 지갑을 찾았으며, 손가락은 지갑을 뒤져 동전을 찾았다. 그리고 그 아래에서는 모르는 다리와 외투자락 사이에서 어린아이들이 엄마 손을 놓치고 길을 잃고 울음을 터뜨렸다.

어느 날 저녁 마르코발도는 가족과 산책을 나갔다. 돈이 없는 탓에 그들의 산책은 다른 사람들이 쇼핑하는 것을 바라보는 것이 다였다. 돈이란 돌고 도는 것이므로 돈이 없는 사람은 이렇게 희망하는 법이다. '언젠가는 내 호주머니에도 얼마 동안 머물다 가겠지.' 하지만 마르코발도의 봉급은 얼마 되지 않은 데다 가족은 많았고 할부금과 빚을 갚아야 했기 때문에 받자마자 사라져 버렸다. 어쨌든 구경하는 것도 언제나 즐거웠다. 특히 슈퍼마켓을 둘러볼 때에는 그랬다.

슈퍼마켓은 셀프서비스로 운영되었다. 거기에는 바퀴가 달린 금속 바구니 같은 카트들이 있었고, 고객은 각자 자기 카트를 밀고 다니면서 온갖 상품들로 가득 채웠다. 마르코발도 역시 들어가면서 카트를 하나 밀고 갔고, 그의 아내도 하나, 그리고 아이들 넷도 각자 하나씩 밀고 갔다. 그렇게 그들은 행렬을 지어 각자 카트를 밀면서, 먹을 것이 산더미처럼 쌓인 진열대들 사이를 지나갔고, 살라미와 치즈를 가리키면서 이름을 불렀다. 마치 군중 사이에서 친구나 아니면 최소한 아는 사람의 얼굴을 알아보는 것 같았다.

"아빠, 이거 담아도 돼요?" 아이들은 매 순간마다 물었다.

"안 돼. 손대지 마. 금지될 거야." 마르코발도는 한 바퀴 돌고 나면 끝에 계산원이 기다리고 있다는 것을 떠올리며 말했다.

"그럼 저 아주머니는 왜 담아요?" 아이들은 집요하게 물었다. 그모든 착한 여자들은 단지 당근 두 개와 샐러리 하나를 사러 들어왔다가 산더미 같은 깡통 앞에서 유혹에 저항하지 못했고, 산만함과 체념 사이에서 껍질 벗긴 토마토 통조림, 복숭아 통조림, 기름에 절인 멸치 통조림을 퉁! 퉁! 퉁! 북소리와 함께 카트에 떨어뜨렸다.

간단히 말해 만약 자기 카트는 비어 있는데 다른 사람의 손수레는 가득 차 있다면 어느 순간까지는 억제할 수 있지만, 결국에는 질투와 비탄에 사로잡히고 더 이상 저항하지 못한다. 그래서 마르코발도는 아내와 아이들에게 아무것도 손대지 말라고 당부한 다음 재빨리 진열대 사이의 통로로 돌아 들어가 가족의 시야에서 몸을 숨겼다. 그리고 어느 진열대에서 대추야자 한 상자를 꺼내 카트에 담았다. 그는 단지 십여 분 동안 그것을 갖고 돌아다니면서 다른 사람들처럼 자신도 구입한 물건들을 자랑하는 기쁨을 맛보고, 그런 다음 원래 있던 곳에다 다시 갖다 놓으려고 했을 뿐이다. 그 상자에다 매운 소스가 담긴 빨간색 병, 커피 한 봉지, 파란색 파스타 봉지 하나를 더 담았다. 마르코발도는 신중하게 하면 돈 한 푼 지불하지 않고도 최소한 십여 분 동안 자신도 상품을 선택하는 사람의 기쁨을 맛볼 수 있다고 확신했다. 하지만 만약 아이들이 그를 본다면 큰일 날 것이다! 아이들은 곧바로 그를 흉내 내게 될 것이고, 그러면 얼마나 혼란스러운 일이 발생하겠는가!

마르코발도는 진열대들 사이로 지그재그로 돌아다니면서 자신을 찾지 못하게 만들려고 노력했다. 때로는 분주한 가정부들을 뒤따르고, 또 때로는 모피 옷을 입은 부인들을 뒤따르기도 했다. 그러다가 가정부나 부인이 손을 뻗쳐 향기로운 노란색 호박이나 작은 삼각형 치즈 상자를 집어 들면 자신도 그대로 따라 했다. 스피커에서는 경쾌한 음악이 흘러나왔다. 소비자들은 음악 리듬에 따라 움직이거나 멈추었고, 음악 소리에 맞추어 정확한 순간에 팔을 뻗쳐 물건을 집어 들고 자기 카트 안에 담았다.

이제 마르코발도의 카트는 상품들로 가득했다. 그의 발걸음은 사람들이 덜 붐비는 진열대 사이로 그를 데려갔다. 점점 더 이해하기 어려운 이름의 상품들이 상자에 담겼다. 상자의 그림만으로는 상추에 뿌리는 비료인지, 아니면 상추 씨앗인지, 아니면 진짜 상추인지, 아니면 상추를 갉아먹는 애벌레를 잡기 위한 살충제인지, 아니면 상추 애벌레를 잡아먹는 새들을 유혹하기 위한 먹이인지, 아니면 상추 샐러드용 양념인지, 아니면 새 구이를 위한 양념인지 전혀 알 수 없었다. 어쨌든 마르코발도는 거기에서 두세 상자를 담았다.

그렇게 그는 울타리처럼 높다란 두 진열대 사이로 들어갔다. 그런데 갑자기 통로가 끝나고 황량하고 텅 빈 공간이 앞에 길게 펼쳐졌고, 네온 불빛이 바닥의 타일에 반사되어 반짝거렸다. 마르코발도는 상품이 든 카트와 함께 거기에 혼자 서 있었다. 그리고 그 텅 빈 공간 저쪽에는 계산대와 함께 출구가 있었다.

첫 번째 충동은 고개를 숙이고 카트를 마치 무장한 장갑차처럼 앞으로 밀면서 돌진해 달려가고, 계산원이 경보를 울리기 전에 전리품을 갖고 슈퍼마켓에서 달아나는 것이었다. 하지만 바로 그 순간 옆에 있는 다른 통로에서 그보다 더 많은 상품이 담긴 카트가 나타났는데, 카트를 미는 사람은 바로 아내 도미틸라였다. 그리고 다른 쪽에서 또 다른 카트가 나타났고 필리페토가 온 힘을 다해 밀고 있었다. 그곳은 바로 수많은 진열대의 통로가 한데 모이는 지점이었고, 각 통로에서는 마르코발도의 아이들이 각자 화물선처럼 상품이 가득 담긴 카트를 밀고 나왔다. 모두들 같은 생각을 했던 것이다. 그리고 이제 함께 모이고 보니 슈퍼마켓에서 구할 수 있는 모든 상품들을 하나씩 다 모아 놓았다는 것을 깨달았다. "아빠, 이제 우리 부자예요?" 미켈리노가 물었다. "이제 일 년 동안은 먹을 것이 있겠지요?"

"뒤로! 빨리! 빨리, 계산대에서 멀리 떨어져!" 마르코발도는 소리쳤고, 재빨리 몸을 돌려 자신과 자신의 식품들을 진열대 뒤로 숨겼다. 그러고는 적의 사격을 피하는 것처럼 몸을 완전히 숙이고 달려가 진열대 사이로 돌아갔다. 그의 등 뒤에서 굉음이 들려왔다. 몸을 돌리자 온 가족이 카트를 밀면서 기차처럼 길게 늘어서 바짝 뒤따라오고 있었다.

"여기 있다간 계산대에서 백만 리라를 요구할 거야!"

슈퍼마켓은 넓었고 미로처럼 뒤엉켜 있었다. 그 안에서 몇 시간이든 돌아다닐 수 있었다. 마르코발도와 그의 가족은 거기에서 나오지 않고 온 겨울을 보낼 수도 있었을 것이다. 하지만 스피커에서는 벌써 음악이 끝나고 이런 말이 흘러나왔다. "안내 말씀 드립니다! 앞으로 십오 분 후에 저희 슈퍼마켓이 영업을 종료합니다. 손님 여러분은 서둘러 계산대로 가시기 바랍니다."

이제 짐을 내려놓아야 할 시간이었다. 지금 아니면 내려놓지 못할 것이다. 스피커 안내 방송에 손님들은 마치 지금이 세상에서 마지막 남은 슈퍼마켓의 마지막 순간인 것처럼 열광적으로 서두르기 시작했다. 거기 있는 것을 모두 가져가야 할지, 아니면 그대로 놔둬야 할지 갈피를 잡지 못해 서두르는 것이었다. 간단히 말해 진열대 주위에서 서로가 서로를 밀쳤다. 그리고 마르코발도와 아내 도미틸라, 아이들은 그 틈을 이용하여 상품을 진열대에 다시 올려놓거나 아니면 다른 사람의 카트에 떨어뜨렸다. 상품 반환은 약간 막무가내로 이루어졌다. 모기약을 햄 진열대에 놓기도 하고, 양배추를 파이 사이에다 놓기도 했다. 어떤 부인이 카트 대신 갓난아기가 누워 있는 유모차를 밀고 갔는데, 거기에다 바르베라 산 포도주 병을 담기도 했다.

아직 맛보지도 않은 상품들과 그렇게 헤어진다는 것은 눈물이 날 정도로 괴로운 일이었다. 그래서 한 손으로는 마요네즈 통을 진열대에 놓으면서 다른 한 손으로는 바나나 한 묶음을 잡기도 했고, 나일론 빗자루 대신 닭구이를 집어 오기도 했다. 그리하여 그들의 손수레는 비워진 만큼 다시 가득 차게 되었다.

마르코발도 가족은 상품들과 함께 에스컬레이터를 타고 올라갔다 내려갔다 했는데, 각 층마다 사방에서 의무적으로 지나야 할 통로와 직면했다. 그곳에는 계산원 여자가 마치 나가려는 모든 사람을 향해 기관총을 쏘듯 타닥거리는 계산기를 겨누고 있었다. 마르코발도와 가족은 점점 더 우리에 갇힌 짐승, 또는 다채로운 패널 벽에 둘러싸인 눈부신 감옥 안의 죄수처럼 보였다.

어느 지점에 이르자 한쪽 벽의 패널들이 뜯어져 있었고, 거기에 사다리와 망치, 목수와 미장이의 공구들이 흩어져 있었다. 슈퍼마켓 확장 공사를 하고 있었던 것이다. 작업 시간이 끝나 노동자들은 모든 것을 그대로 놔둔 채 가 버렸다. 마르코발도는 상품들을 앞에 밀며 벽의 구멍 안으로 들어갔다. 그 너머는 어둠뿐이었다. 그는 앞으로 나아갔다. 그의 가족도 카트와 함께 뒤따라갔다.

카트의 고무바퀴는 덜컹거리면서 비포장 길처럼 일부는 모래가 깔린 바닥 위를 지나갔고, 이어서 서로 연결되지 않은 널빤지가 깔린 곳 위로 갔다. 마르코발도는 한 널빤지 위로 균형을 잡으면서 나아갔고, 다른 가족들이 뒤따라갔다. 갑자기 그들은 앞으로, 뒤로, 위로, 아래로 많은 불빛들이 아주 멀리 흩어진 것을 보았고, 주위는 온통 텅 빈 허공이었다.

그들은 칠 층 건물 높이 공사장 비계 구조물의 널빤지 위에 올라와 있었다. 발 아래로 창문과 네온 간판과 전차 안테나의 번쩍이는 전기 섬광이 눈부시게 빛나는 도시가 펼쳐져 있었다. 비계는 그 위에 균형을 잡고 있는 그 모든 상품 무게 아래에서 떨렸다. "무서워요!" 미켈리노가 말했다.

어둠 속에서 검은 그림자 하나가 나타났다. 이빨이 없는 거대한 입이었는데, 긴 금속 목 위로 뻗어 나온 입을 벌린 기중기였다. 기중기는 그들 위에서 내려와 그들과 같은 높이에 멈추었고, 아래쪽 턱이 비계의 널빤지와 나란히 맞닿았다. 마르코발도는 카트를 기울여 상품들을 그 철제 아가리 속으로 쏟아부었고, 앞으로 나아갔다. 도미틸라도 그대로 했다. 아이들도 부모를 따라 했다. 기중기는 슈퍼마켓의 모든 전리품이 안에 담긴 아가리를 다시 다물었고, 삐걱거리는 도르래 소리와 함께 목을 뒤로 끌어당겨 멀어졌다. 발아래에는 대형 슈퍼마켓에서 판매 중인 상품들을 사도록 권유하는 다채로운 네온 간판들이 눈부시게 빛나며 돌아가고 있었다.

# 봄

## 17 연기, 바람, 비눗방울

우편배달부는 날마다 주민들의 우편함 속으로 봉투 몇 개를 떨어뜨렸다. 단지 마르코발도의 우편함에만 아무것도 없었다. 아무도 그에게 편지 쓰는 사람이 없었기 때문이다. 만약 이따금 전기나 가스 요금 청구서가 없었다면, 그의 우편함은 정말로 아무 소용이 없었을 것이다.

"아빠, 편지 왔어요!" 미켈리노가 외쳤다.

"됐어! 똑같은 광고지겠지!" 마르코발도는 말했다.

편지함마다 파란색과 노란색의 접힌 종이가 튀어나와 있었다. 거기에는 빨래를 깨끗이 하려면 '블란카솔'이 가장 좋은 제품이라고 적혔고, 그 파랗고 노란 종이를 갖고 오는 사람에게는 무료로 샘플을 주겠다고 했다.

그 광고지는 좁고 길쭉했기 때문에 일부는 우편함의 투입구 밖으로 튀어나왔고, 어떤 것은 똘똘 뭉쳐지거나 일부만 구겨진 채 땅바닥에 흩어졌다. 주민 대부분이 우편함을 열고 가득 들어찬 광고지를 곧바로 내버렸기 때문이다. 필리페토와 피에트루초, 미켈리노는 광고지를 땅바닥에서 줍거나, 우편함 투입구에서 꺼내거나, 심지어 안에 있는 것을 철사로 꺼내어 블란카솔 쿠폰들을 모으기 시작했다.

"내가 더 많이 모았어!"

"아니야, 세어 봐! 누가 더 많이 모았는지 내기해!"

블란카솔 회사는 그 구역 전체를 집집마다 돌면서 광고지를 뿌렸다. 그리고 어린 형제들은 집집마다 돌면서 그 구역 전체의 쿠폰을 가로챘다. 어떤 아파트에서는 관리인이 아이들을 내쫓으면서 소리쳤다. "장난꾸러기 녀석들! 뭘 훔치러 왔어? 경찰에 전화할 거야!" 어떤 관리인은 매일 쌓이는 그 종이를 아이들이 청소해 주는 것에 만족해 하기도 했다.

저녁에 마르코발도의 초라한 방 두 개는 온통 블란카솔의 파랗고 노란 광고지들로 가득했다. 아이들은 마치 은행 출납원이 지폐를 세듯이 광고지들을 세고 또 세었으며 무더기로 쌓아 두었다.

"아빠, 우리 많이 모았어요! 세탁소를 차려도 되겠지요?" 필리페토가 물었다.

그 무렵 세제 생산 업계는 크게 동요했다. 블란카솔의 광고가 경쟁사의 경각심을 불러일으켰기 때문이다. 제품을 출시하는 회사들은 도시의 모든 우편함에다 점점 더 큰 샘플을 무료로 받을 수 있는 쿠폰을 배포했다.

마르코발도의 아이들은 다음 날부터 할 일이 많아졌다. 매일 아침 우편함에는 봄날의 복숭아꽃처럼 꽃들이 피어났다. 초록색, 분홍색, 하늘색, 오렌지색 그림이 그려진 광고지들은 저마다 스푸마도르,

또는 라보룩스, 또는 사포날바, 또는 림피알린 제품을 쓰면 빨래가 깨끗이 된다고 약속했다. 아이들에게 샘플 증정 쿠폰 수집은 점점 더 새로운 분류로 확장되었다. 그와 동시에 수집 구역도 다른 도로의 현관들까지 확장되었다.

자연히 그런 수집 작전은 눈에 띄지 않을 수 없었다. 얼마 지나지 않아 이웃 아이들도 미켈리노와 형제들이 하루 종일 도대체 무엇을 찾으러 돌아다니는지 알아차리게 되었다. 그리고 그때까지 아이들 중 누구도 관심조차 보이지 않았던 광고지들이 열광적인 전리품이 되었다. 다양한 무리의 장난꾸러기들 사이에 경쟁이 시작되었고, 한 구역 이외에 다른 구역에서 수집하는 것이 다툼과 작은 충돌의 원인이 되었다. 그러다 일련의 협상과 교환을 통해 서로 합의했다. 조직적인 수집의 체계화는 무질서한 약탈보다 훨씬 더 효율적이었다. 광고지 수집 방법도 더욱 체계화되었고, 그래서 칸도피오르, 또는 리시아퀵 회사 사람이 집집마다 돌면서 지나가자마자, 장난꾸러기 아이들은 그의 행적을 모든 걸음마다 염탐하고 추적했으며, 그가 광고지를 배포하자마자 곧바로 다시 회수했다.

작전을 지휘하는 것은 물론 언제나 필리페토, 피에트루초, 미켈리노였다. 왜냐하면 그들이 제일 먼저 아이디어를 냈기 때문이다. 심지어 다른 아이들에게 샘플은 공동 자산이며 따라서 모두 함께 보관해야 한다고 설득하기도 했다. "은행처럼 말이야!" 피에트루초는 말했다.

"그럼 우리는 세탁소 주인이야, 아니면 은행 주인이야?" 미켈리노가 물었다.

"어쨌든 우리는 백만장자야!"

아이들은 흥분하여 잠도 이루지 못했고 미래의 계획을 세우기도 했다.

"이제 모두 샘플로 바꾸기만 하면 돼. 그러면 세제를 엄청나게 많이 갖게 될 거야."

"어디에다 보관하지?"

"창고를 하나 빌려야겠어!"

"화물선을 빌리면 어때?"

광고는 꽃이나 과일처럼 계절을 타기 마련이다. 몇 주 후 세제의 계절은 끝났다. 이제 우편함 속에는 티눈 연고 광고만 들어 있었다.

"우리 이것도 수집할까?" 누군가가 제안했다. 하지만 지금까지 모은 재산을 세제로 바꾸는 데 집중하자는 의견이 우세했다. 각 쿠폰에 대한 샘플을 받기 위해서는 정해진 가게로 가야 했다. 아이들 계획의 이 새로운 단계는 겉보기에는 매우 단순해 보였지만, 곧 전보다 훨씬 더 길고 복잡하다는 것이 드러났다.

교환 작전은 산발적으로 진행되었다. 한 아이가 한 번에 가게 한 군데로 갔다. 상표가 다를 경우 한꺼번에 서너 개의 쿠폰을 제시할 수도 있었다. 만약 점원이 단지 한 상표의 샘플을 주려고 할 경우엔 이렇게 말해야 했다. "우리 엄마가 어느 것이 좋은지 모두 써 보고 싶대요."

그런데 일은 더 복잡해졌다. 대부분의 가게에서 공짜 샘플은 단지 물건을 사는 사람에게만 주었던 것이다. 엄마들이 전혀 본 적이 없을 정도로 아이들은 가게에 심부름을 가고 싶어 안달이었다.

간단히 말해 쿠폰을 상품으로 바꾸는 일은 오래 걸렸고 부수적인 경비가 들었다. 왜냐하면 엄마의 돈으로 심부름을 가는 일은 적었고 순회해야 할 가게는 많았기 때문이다. 필요한 자금을 마련하기 위해 곧바로 계획의 세 번째 단계로 돌입하는 수밖에 없었다. 말하자면 회수한 세제를 판매하는 것이었다.

아이들은 집집마다 돌아다니며 팔기로 결정했다. 아이들은 초인종을 누르고 말했다. "아주머니, 한번 써 보세요! 세탁이 완벽해요!" 그리고 리시아퀵, 또는 블란카솔 회사의 작은 상자나 봉투를 내밀었다.

"그래, 그래, 이리 다오. 고맙다." 어떤 부인은 말했고 샘플을 받자마자 눈앞에서 문을 닫아 버렸다.

"아니? 돈을 줘야지요?" 아이들은 주먹으로 문을 세차게 두드렸다.

"돈을 내라고? 공짜 아니야? 어서 꺼져, 이 장난꾸러기들아!"

사실 바로 그 무렵 여러 상표의 담당자들이 집집마다 돌아다니면서 공짜 샘플을 나눠 주고 있었다. 그것은 증정품 쿠폰을 제공하는 광고가 별로 효과가 없자 모든 세제 업계가 취한 새로운 공격적 광고 전략이었다.

마르코발도의 집은 잡화점 가게의 창고 같았다. 칸도피오르, 림피알린, 라보룩스 상표의 세제로 가득했다. 하지만 그 많은 상품에서 돈 한 푼 나오지 않았다. 분수의 물처럼 선물이나 해야 할 것이었다.

물론 얼마 지나지 않아 여러 회사의 담당자들 사이에는 몇몇 아이들이 자신들처럼 집집마다 돌아다니면서, 자신들이 공짜로 받아 달라고 부탁하는 것과 똑같은 제품을 판매하고 있다는 말이 퍼지게 되었다. 상업 세계에서는 종종 불신의 파도가 몰아치곤 한다. 세제 샘플을 공짜로 선물하는 담당자에게 사람들은 그걸 어디에 쓸지 모르겠다고 대꾸하면서, 반면에 돈을 요구하는 자들에게서 똑같은 제품을 구입한다는 소문이 돌기 시작했다. 여러 회사의 연구 담당자들이 한자리에 모였고 '시장 조사' 전문가들에게 자문을 구했다. 그들은 그렇게 비열한 경쟁은 오로지 장물 취득자들이 꾸민 것이라고 결론지었다. 합법적 절차를 거쳐 그 미지의 장물 취득자들을 고발함에 따라 경찰은 도둑들과 장물 은닉처를 찾기 위해 담당 구역을 뒤지기 시작했다.

순식간에 세제는 마치 다이너마이트처럼 위험한 물건이 되어 버렸다. 마르코발도는 깜짝 놀랐다. "이 가루를 우리 집에서 1그램도 보고 싶지 않아!" 하지만 어디에 버려야 할지 몰랐다. 아무도 집에 두고 싶어 하지 않았다. 마침내 아이들은 모두 강에 버리기로 결정했다.

해가 뜨기도 전이었다. 다리 위에는 피에트루초가 끌고 형제들이 미는 수레가 도착했는데, 그 안엔 사포날바와 라보룩스 제품 상자가 가득했다. 그리고 맞은편 아파트 관리인의 아들 우구초네가 끄는 똑같은 수레가 도착했고, 또 다른 수레들도 도착했다. 아이들은 다리 한복판에서 멈추었다. 자전거를 탄 사람이 지나가면서 호기심에 뒤돌아보았다. "자, 버려!" 미켈리노가 상자들을 강으로 던지기 시작했다.

"멍청이! 둥둥 떠 있는 것 안 보여?" 필리페토가 소리쳤다. "상자를 버리지 말고 세제 가루를 강에 쏟아부어야 해!"

그리고 하나하나 열린 상자에서 하얀 가루 구름이 부드럽게 쏟아졌고 강물 위에 내려앉았다. 가루들은 강물에 흡수되는 것 같다가 보글거리는 조그마한 방울로 다시 나타났고, 그런 다음 바닥으로 가라앉는 것 같았다. "이제 됐어!" 아이들은 계속해서 조금씩 가루들을 버렸다.

"조심해! 저 아래를 봐!" 미켈리노가 외쳤고 강 아래쪽을 가리켰다.

다리 아래에서 강은 급류를 이루었다. 강물이 낮은 곳으로 내려가는 곳에서 조그마한 방울들은 더 이상 보이지 않았으나, 더 아래에서 밖으로 다시 밖으로 솟아올랐다. 하지만 이번에는 커다란 방울들이 되었고, 그 방울들은 아래에서 서로를 밀치면서 부풀어 올랐다. 비누 거품의 파도가 일어 커지다 벌써 급류만큼 높이 솟았고, 이발사가 면도솔로 휘젓는 거품처럼 하얀 거품이 되었다. 마치 경쟁하는 상표들의 그 모든 가루가 거품이 잘 난다는 것을 증명하기 위해 경쟁하는 것 같았다. 강에서는 비누 거품이 강둑에 넘쳤고, 새벽부터 고무장화를 신고 나와 있던 낚시꾼들은 낚싯대를 거두고 달아나 버렸다.

아침 공기를 뚫고 한 줄기 바람이 불어왔다. 한 무더기 비눗방울이 강물 표면에서 떨어져 나왔고 가볍게 위로 날아올랐다. 새벽이었고 비눗방울은 장밋빛으로 물들었다. 아이들은 머리 위로 높게 날아가는 비눗방울을 보며 외쳤다. "우와……."

비눗방울들은 도시 위로 흐르는 대기의 보이지 않는 길을 따라 날아갔고, 지붕 높이의 길로 접어들었으며 건물 모서리와 빗물 홈통들을 스치면서 계속 날아갔다. 이제 뭉쳐 있던 비눗방울들은 서로 흩어졌고, 하나씩 하나씩 각자 나름대로 날아갔으며, 각자 고도와 속도와 경로가 다른 항로를 따라 허공에서 방황했다. 비눗방울들은 더 늘어난 것 같았다. 아니, 실제로 그랬다. 왜냐하면 마치 불 위에 올려 놓은 우유 주전자처럼 강이 계속하여 거품으로 넘쳤기 때문이다. 그리고 바람이 불어와 거품과 방울과 무더기를 위로 밀어 올렸다. 벌써 비스듬한 햇살들이 지붕 위에 걸터앉아 도시와 강을 비추었기에, 비눗방울은 무지개 빛깔의 화환처럼 길게 늘어났고 전깃줄과 안테나 위로 하늘을 점령했다.

노동자들의 검은 그림자가 탈탈거리는 스쿠터를 타고 공장으로 달려갔고, 그들의 머리 위에 떠 있는 초록빛, 장밋빛, 하늘빛 비누 거품이 그들을 뒤따랐다. 마치 그들 각자가 기다란 실로 핸들에 묶어 놓은 한 무더기 작은 풍선들을 뒤에 끌고 가는 것 같았다.

전차에서 사람들이 그것을 보았다. "저것 보세요! 이봐요, 저것 좀 보세요! 저기 위에 있는 것이 뭐예요?" 전차 기관사가 전차를 세우고 내렸다. 승객들이 모두 내렸고, 하늘을 바라보았다. 자전거, 스쿠터, 자동차가 멈추었고, 신문 파는 사람, 빵 굽는 사람, 아침 거리의 모든 행인이 멈추었다. 그들 중에는 일하러 가던 마르코발도도 있었다. 그리고 모든 사람이 코를 위로 쳐들고 비눗방울들이 날아가는 것을 바라보았다.

"혹시 핵 물질 아닌가요?" 어느 노파가 물었다. 순식간에 공포감이 사람들 사이에 퍼졌고, 비눗방울 하나가 내려앉는 것을 본 사람은 비명을 지르며 달아났다. "방사능이다!"

하지만 비눗방울은 계속해서 무지개 빛깔로 연약하고 가볍게 훨훨 날아다녔고, 한 번 훅 불면 픽! 하고 터져 사라졌다. 그리고 사람들 사이에서 공포감은 불붙은 것처럼 금세 꺼졌다. "방사능이라니! 비눗방울이야! 아이들이 갖고 노는 비눗방울이라고!" 그리고 열광적인 즐거움이 사람들을 사로잡았다. "저것 좀 봐요! 저것 봐요! 저것 보라고요!" 믿을 수 없을 정도로 엄청나게 커다란 비눗방울들이 날아가는 것을 보았기 때문이다. 그 비눗방울들은 서로 스치면서 합쳐졌고,

두 배, 세 배로 커졌으며, 하늘과 지붕과 빌딩 들은 그 투명한 방울을 통해 전혀 본 적이 없는 이상한 형태와 색깔로 보였다.

　매일 아침 그러듯이 공장 굴뚝들에서는 검은 구름을 밖으로 내뿜기 시작했다. 그리고 비눗방울 무리는 검은 연기구름과 만났고, 하늘은 검은 연기의 흐름과 무지개 빛깔 흐름으로 나뉘었다. 그리고 한바탕 휘몰아친 바람에 서로 싸우는 것 같았고, 잠시 동안, 단지 한 순간 동안만 굴뚝들의 꼭대기가 비눗방울에 의해 점령된 것처럼 보였다. 하지만 곧이어 비눗방울들의 무지개를 압도하는 검은 연기와, 검은 연기 입자의 베일을 압도하는 비눗방울이 뒤섞여 어떻게 된 것인지 알 수 없었다. 그러다 어느 순간 마르코발도는 하늘 위를 찾고 또 찾아보았지만, 더 이상 비눗방울은 보이지 않았고, 오로지 연기, 연기, 연기뿐이었다.

# 여름

# 18 혼자만의 도시

도시 주민들은 일 년에 열한 달 동안 자기 도시를 사랑한다. 누구도 건드릴 수 없을 정도이다. 고층 빌딩, 담배 가게, 파노라마 스크린 영화관, 그 모든 것이 논란의 여지가 없는 지속적인 매력의 동기이다. 이런 것을 잘 느끼지 못하는 유일한 주민은 마르코발도였다. 하지만 그가 생각하는 것들은, 첫째 그의 빈약한 표현력으로 인해 무엇인지 알 수 없었고, 둘째 너무 하찮은 것이어서 어쨌든 똑같았다.

그러다 일 년의 어느 시점에 8월이 시작되었다. 그리고 전체적인 느낌의 변화가 나타났다. 이제 아무도 더는 도시를 사랑하지 않게 되었다. 어제까지만 해도 그렇게 사랑하던 고층 빌딩과 지하보도, 자동차 주차장이 갑자기 적대적이고 짜증스러운 것이 되었다. 주민들은 가능한 한 빨리 도시를 떠나고 싶어 안달이었다. 그래서 열광적으로 기차를 가득 채우고 고속도로로 밀려들었고, 8월 15일에는 그야말로 모든 주민이 떠나 버렸다. 단 한 사람만 예외였다. 마르코발도는 도시를 떠나지 않은 유일한 주민이었다.

　마르코발도는 아침에 나가 시내로 걸어갔다. 널찍하고 끝없는 도로들이 자동차 없이 텅 비어 있었다. 셔터가 내려진 잿빛 철책에서 덧창문의 끝없는 창살에 이르기까지 건물들의 앞면은 요새처럼 굳게 잠겨 있었다. 일 년 내내 마르코발도는 도로를 도로답게 사용해 보는 것, 말하자면 도로 한복판으로 걸어가는 것을 꿈꾸었다. 이제 그렇게 할 수 있었다. 또 빨간색 신호등에 건널 수도 있었고, 대각선으로 가로지를 수도 있었고, 광장 한가운데서 멈출 수도 있었다. 하지만 그렇게 특이한 것을 하는 것 못지않게 모든 것을 다른 방식으로 바라보는 것도 즐겁다는 것을 깨달았다. 말하자면 도로를 계곡의 바닥이나 말라 버린 강바닥으로 바라보고, 건물들을 험준한 산의 바위나 절벽의 암벽으로 바라보는 것이었다.

　물론 무엇인가 결여된 것이 금세 눈에 띄었다. 하지만 그것이 주차된 자동차들의 행렬이나 교차로의 교통 혼잡, 또는 백화점 문 앞에 모인 군중, 또는 전차를 기다리며 선 사람들의 무리는 아니었다. 텅 빈 공간을 가득 채우고 사각형 표면을 완만하게 구부리는 데 결여된 것은, 아마 수로 폭발에 의한 홍수, 아니면 포장도로를 깨뜨리는 가로수 뿌리들의 침입일 것이다. 마르코발도는 주위를 찬찬히 살펴보며 다른 도시가 솟아오르기를 기대했는데, 그것은 페인트와 타르와 유리와 석회의 도시 아래에 있는 나무껍질과 비늘과 덩어리와 신경 조직의 도시였다. 그러자 자신이 매일 그 앞으로 지나다니던 건물이 실제로는 구멍 뚫린 잿빛 모래 바위라는 것이 드러났고, 어느 공사장의 울타리는 싹눈처럼 보이는 매듭들이 있는 아직 싱싱한 소나무 목책이었다. 커다란 옷감 가게의 간판에는 한 무리의 조그마한 좀나방

들이 앉아 잠들어 있었다.

사실 사람들이 떠나자마자 도시는 어제까지만 해도 숨어 있던 다른 주민들이 장악하여 이제 그들이 지배하는 것 같았다. 마르코발도는 잠시 동안 개미들의 행렬을 뒤따르다가, 다음에는 길 잃은 풍뎅이가 날아가는 것에 이끌렸다가, 그다음에는 지렁이 한 마리가 구불구불 기어가는 것을 뒤따르기도 했다. 그 영역을 침범하는 것은 동물들만이 아니었다. 마르코발도는 신문 가판대의 북쪽 측면에 얇은 곰팡이 층이 형성되어 있는 것을 발견했고, 식당 앞 화분의 작은 나무들이 보도의 그늘진 테두리 너머로 잎사귀들을 힘차게 뻗친 것을 발견하기도 했다. 하지만 도시는 아직도 존재하는가? 마르코발도의 일과를 가두고 있던 그 합성 재료 덩어리는 이제 서로 다른 돌멩이들의 모자이크라는 것이 드러났고, 각각의 돌멩이는 눈으로 보거나 만져 보아도 그 강도와 열과 견고함에서 다른 돌멩이와 명확히 구별되었다.

그렇게 마르코발도는 보도와 하얀색 선의 기능을 잊어버린 채 나비처럼 지그재그로 도로를 걸어갔다. 그런데 바로 그 순간 시속 100킬로미터로 달려온 '스파이더' 자동차의 라디에이터 그릴이 그의 엉덩이 1밀리미터 앞에서 멈추었다. 절반은 깜짝 놀라서, 또 절반은 공기의 이동에 밀려 마르코발도는 풀쩍 뛰어올라 뒤로 넘어졌다.

자동차는 날카로운 소음과 함께 급정거하면서 혼자서 빙글 돌았다. 셔츠를 벗어던진 한 무리의 젊은이들이 튀어나왔다. '길 한가운데로 걸어갔으니까 여기서 날 두들겨 패겠지!' 마르코발도는 생각했다.

젊은이들은 이상한 장비들로 무장하고 있었다. "찾았습니다! 마침내 찾았습니다!" 그들은 마르코발도를 에워싸며 말했다. "네, 바로 그렇습니다!" 그들 중 하나가 은빛 지팡이 같은 것을 입에 갖다 대면서 말했다. "여름 휴가철에 도시에 남아 있는 유일한 사람을 찾았습니다. 실례합니다만, 텔레비전 시청자들에게 당신의 느낌을 말해 주시겠습니까?" 그러면서 은빛 지팡이를 그의 코 밑에 갖다 댔다.

눈부신 섬광이 터졌고, 용광로 안처럼 더웠다. 마르코발도는 졸도할 지경이었다. 젊은이들은 그에게 반사경, 텔레비전 카메라, 마이크를 갖다 댔다. 그는 몇 마디 더듬거렸다. 그가 두세 마디 할 때마다 그 젊은이는 마이크를 자기 쪽으로 돌리면서 말했다. "아, 그러니까 이런 말이군요……." 그리고는 십여 분 동안이나 계속해서 말했다.

간단히 말해 마르코발도는 인터뷰를 했다.

"이제 가도 될까요?"

"아, 그래요, 물론이지요. 대단히 감사합니다……. 그런데 만약 당신이 할 일이 없다면…… 그리고 돈을 조금 벌고 싶다면…… 여기 남아서 우리를 도와주지 않겠어요?"

광장은 온통 야단법석이었다. 트럭, 장비를 실은 차, 바퀴 달린 텔레비전 카메라, 배터리, 조명 시설이 가득했고, 작업복을 입은 여러 무리의 사람들이 땀을 뻘뻘 흘리며 이리저리 뛰어다니고 있었다.

"자, 도착했다! 도착했어!" 지붕이 없는 최신식 오픈카에서 영화 스타가 내렸다.

"자, 여러분, 분수대 촬영 시작합니다!"

텔레비전 프로그램 「여름 휴가철의 광기」 연출자는 도시의 가장 큰 분수로 유명 여배우가 뛰어드는 장면을 촬영하기 위해 명령을 내렸다.

막일 노동자 마르코발도에게는 받침대가 무거운 조명 반사판을 광장에서 옮기는 일이 주어졌다. 커다란 광장은 이제 기계와 조명의 소음으로 붕붕거렸고, 임시 철제 구조물의 망치 소리와 고함치는 명령이 한꺼번에 울려 퍼졌다. 눈이 부시고 귀가 멍멍한 마르코발도의 눈에는 단지 순간적으로 얼핏 보았던, 아니면 아마 단지 꿈꾸었던 도시의 자리를 매일매일의 일상적인 도시가 다시 차지한 것 같았다.

가을

# 19  집요한 고양이들의 정원

고양이들의 도시와 사람들의 도시는 서로 중복되어 있지만 결코 동일한 도시는 아니다. 아무런 차이가 없던 시절을 기억하는 고양이들은 많지 않다. 당시에는 사람들의 도로와 광장은 동시에 고양이들의 도로와 광장이었고, 풀밭, 정원, 발코니, 분수도 마찬가지였다. 하나의 널찍하고 다양한 공간에서 함께 살았다. 하지만 이제는 벌써 몇 세대 전부터 집 안에서 기르는 고양이들은 이제 살아갈 수 없는 도시의 포로가 되어 버렸다. 도로 교통 상황은 최악으로, 고양이를 깔아 뭉개는 자동차들이 끊임없이 질주했고, 정원이나 공터, 또는 오래된 폐허가 있던 한 조각 땅에는 이제 높다란 아파트, 서민 공동 주택, 눈부신 최신식 고층 빌딩들이 솟아 있었다. 골목마다 주차된 자동차로 가득했고, 안뜰은 하나하나 콘크리트 지붕으로 뒤덮여 차고나 영화관, 창고, 작업장으로 바뀌었다. 나지막한 지붕들, 용마루, 테라스, 물탱크, 발코니, 천장, 양철 지붕이 파도치는 것 같은 고원 지역도 더 높이 세울 수 있는 공간을 개발해 총체적으로 높아졌다. 가장 낮은 도로 지표면과 드높은 하늘의 초고층 다락방 사이에 중간 높이들이 사라졌다. 새로이 태어난 고양이는 선조들의 노정을 찾아보아도 헛일이었고, 난간에서 빗물 홈통 끄트머리로 부드럽게 뛰어내리거나 기왓장 위로 재빨리 기어오르기 위한 지점도 찾을 수 없었다.

하지만 그러한 수직의 도시에도, 모든 빈 공간이 채워지고 모든 시멘트 덩어리가 다른 시멘트 덩어리들과 상호 연결되는 이 치밀한 도시에도 일종의 반(反)도시, 부정적 도시가 펼쳐져 있다. 그것은 벽과 벽 사이의 빈 틈새들, 건축법으로 규정된 두 건물 사이, 건물의 뒷면과 뒷면 사이의 최소 거리로 구성되어 있다. 그것은 틈바귀들, 빛의 우물들, 공기의 통로, 뒷골목, 안뜰, 지하실로 들어가는 입구들의 도시이며, 마치 회벽과 타르의 행성 위에 펼쳐진 마른 운하들의 그물 같았고, 벽들을 스치는 그런 그물을 가로질러 아직도 고양이들의 옛 주민이 달려가고 있었다.

마르코발도는 심심할 때 몇 번 고양이를 뒤쫓아 가보았다. 정오에서 오후 3시 사이 작업이 중단된 동안 마르코발도를 제외한 다른 사람들은 모두 집으로 점심을 먹으러 갔다. 점심을 가방에 싸서 가져오는 마르코발도는 창고 상자 사이에 점심을 펼쳐 놓고 먹었다. 그리고 토스카나 시가 반 토막을 피웠고, 혼자 게으르게 주변을 어슬렁거리면서 작업이 다시 시작되기를 기다렸다. 그럴 때 창문에서 고개를 내미는 고양이는 그에게 언제나 환영받는 동반자이자 새로운 탐험의 길잡이가 되었다. 그는 줄무늬 고양이 한 마리와 친구가 되었는데, 통통하게 살이 찌고, 목에 하늘빛 리본이 묶여 있고, 분명히 어느 부유한 집안에서 사는 고양이 같았다. 그 줄무늬 고양이는 마르코발도처럼 점심 식사 후 산책을 하는 습관이 있었고, 따라서 자연스럽게 친구가 되었다.

그 고양이 친구를 따라다니면서 마르코발도는 마치 고양이의 동그란 눈을 통해 바라보듯이 주변 장소를 바라보기 시작했다. 그리고 자기 회사의 일상적인 주변도 다른 시각에서 바라보았고, 가볍고 푹신한 고양이 다리로만 연결될 수 있는 고양이들 이야기의 무대로 바라보았다. 겉보기에 그 구역에는 고양이들이 없는 같았지만, 매일 그곳을 돌아다니면서 마르코발도는 언제나 새로운 고양이를 알게 되었고, 이제는 고양이 울음소리나 콧소리를 듣거나, 굽어진 등 위로 털이 곤두서는 것만 보아도 고양이들 사이의 상호 관계와 음모와 경쟁을 충분히 직감할 수 있었다. 그럴 때면 자신이 고양이들의 비밀스러운 사회 속으로 이미 들어와 있다고 믿었다. 그러고는 바로 틈새처럼 보이는 눈동자들이 자신을 탐색하고 있으며, 곧추선 수염의 안테나에 의해 감시받고 있다는 것을 느꼈다. 모든 고양이들이 스핑크스처럼 뚫고 지나갈 수 없는 자세로 그의 주위에 앉아 있었다. 코의 장밋빛 삼각형은 입술의 검은 삼각형과 연결되었고, 유일하게 움직이는 것은 레이더처럼 떨리며 꿈틀하는 귀의 끄트머리뿐이었다. 어느새 꽉 막힌 황량한 벽 사이로 난 좁은 골목길의 끝에 이르렀다. 마르코발도는 자신을 그곳까지 안내한 고양이들이 모두 한꺼번에 사라진 것을 깨달았는데, 어느 쪽으로 사라졌는지 알 수 없었고, 줄무늬고양이 역시 자기 혼자만 남겨 둔 채 사라져 버렸다. 고양이들의 왕국은 그가 발견하도록 허용하지 않는 영토와 의례와 풍습을 갖고 있는 것 같았다.

그 대신 고양이들의 도시로부터 사람들의 도시를 향해 예상치 못한 틈새들이 열려 있었다. 그리하여 어느 날 바로 줄무늬 고양이가 그를 안내하여 화려한 레스토랑 '비아리츠'를 발견하게 해 주었다.

레스토랑 '비아리츠'를 보고 싶은 사람은 고양이의 키 높이가 되어야 했다. 말하자면 엎드려 기어가야 했다. 그렇게 고양이와 사람이 일종의 둥근 지붕 주위를 기어가고 있었는데, 지붕 발치에는 몇 개의 나지막하고 조그마한 사각형 창문들이 나 있었다. 줄무늬 고양이의 시범에 따라 마르코발도는 아래를 내려다보았다. 그것은 천창들로, 비스듬히 열린 유리창에서 화려한 레스토랑 홀이 빛과 공기를 받아들이고 있었다. 연미복을 입은 웨이터들이 하얀 장갑을 낀 손가락으로 균형 있게 받쳐 든 은쟁반 위에 담긴 황금빛 메추라기와 자고새가 집시 바이올린 소리에 맞추어 돌아다니고 있었다. 아니, 더욱 정확하게 말하자면, 메추라기와 자고새 위에서 쟁반들이 돌아다녔는데, 쟁반 위에는 하얀 장갑이 있었고, 웨이터들의 에나멜 구두 위에는 눈부신 나무판 바닥이 비스듬히 걸려 있었고, 바닥에는 화분에 담긴 조그마한 야자수, 냅킨, 크리스털 잔, 샴페인 병이 추처럼 안에 담긴 종 모양의 양동이가 매달려 있었다. 그러니까 모든 것이 거꾸로 보였다. 마르코발도가 발각될까 두려운 마음에 창문 너머로 고개를 내밀지 못하고 비스듬히 열린 유리에 거꾸로 반사된 홀을 바라보았기 때문이다.

하지만 줄무늬 고양이의 관심을 끄는 것은 홀의 창문보다 오히려 주방 쪽 창문이었다. 홀 쪽에서 보면 주방은 멀리 떨어져 보였고, 주방에서는 털이 뽑힌 새나 싱싱한 생선처럼 보다 구체적이고 고양이 발톱이 닿을 수 있는 것이 약간 변형된 것처럼 보였다. 줄무늬 고양이가 마르코발도를 인도하고 싶어 하는 곳은 바로 주방 쪽이었는데, 그

것이 이해관계를 떠난 우정의 행동이었는지, 아니면 자신의 침입을 위해 사람의 도움을 원했기 때문인지 알 수 없었다. 하지만 마르코발도는 홀의 멋진 광경에서 멀어지고 싶지 않았다. 처음에는 화려한 분위기에 매료된 것 같았지만, 나중에는 무엇인가가 그의 관심을 잡아끌었기 때문이다. 그래서 발각될지 모른다는 두려움을 무릅쓰고 계속 고개를 내밀어 아래를 바라보았다.

홀 한가운데에는 바로 그 창문 아래에 일종의 양어장인 조그마한 유리 수조가 있었고, 그 안에는 커다란 송어들이 헤엄치고 있었다. 반짝이는 대머리에 검은 정장을 입고 수염을 기른 중요한 고객 한 명이 가까이 다가갔다. 그 뒤에는 연미복 차림의 나이 든 웨이터가 나비를 잡으러 가듯이 손에 뜰망을 들고 따라갔다. 검은 옷의 신사는 신중하고 주의 깊은 태도로 송어들을 바라보았고, 그런 다음 한 손을 들더니 느릿하고 엄숙한 태도로 그중 한 마리를 가리켰다. 웨이터는 뜰망을 수조 안으로 넣고 지명된 송어를 뒤쫓아 잡았다. 그리고 송어가 몸부림치는 뜰망을 창처럼 자기 앞에 들고 주방으로 향했다. 검은 옷을 입은 신사는 마치 사형을 구형한 검찰관처럼 근엄한 표정으로 돌아가 앉았고, '뫼니에르식'으로 튀긴 송어가 돌아오기를 기다렸다.

마르코발도는 생각했다. '만약 이 위에서 낚싯대를 드리워 저 송어들 중 한 마리를 낚는다면, 절도죄로 고발되지는 않을 거야. 기껏해야 불법 낚시 죄로 고발되겠지.' 그러고는 주방 쪽에서 자신을 부르는 고양이 울음소리에 신경도 쓰지 않고 낚시 도구를 찾으러 갔다.

사람들이 가득한 레스토랑 '비아리츠'의 홀에서 낚시 바늘과 미끼가 달린 길고 섬세한 낚싯줄이 천천히 아래로 내려와 수조 안으로 들어가는 것을 아무도 보지 못했다. 송어들이 미끼를 보고 달려들었다. 혼잡한 와중에 한 마리가 지렁이를 무는 데 성공했다. 곧바로 송어는 위로 올라가기 시작했고, 은빛으로 번득이면서 물 밖으로 나왔고, 위로, 잘 차려진 식탁과 전채가 담긴 손수레 위로, '크레프쉬제트'를 위한 작은 화덕의 파란 불꽃 위로 날아올랐고, 창문 위 하늘로 사라졌다.

마르코발도는 세련된 낚시꾼처럼 순발력 있고 힘차게 낚싯대를 잡아채는 바람에 송어는 그의 어깨 너머로 날아가 떨어졌다. 송어가 바닥에 닿자마자 고양이가 덤벼들었다. 남아 있던 약간의 생명은 고양이의 이빨 사이에서 사라졌다. 마르코발도는 순간적으로 낚싯대를 내던지고 송어를 잡으러 달려갔지만, 바로 코앞에서 낚시 바늘과 함께 송두리째 물고 달아나는 것을 보았다. 재빨리 한쪽 발로 낚싯대를 밟았지만, 얼마나 강하게 잡아챘는지 그에게는 낚싯대만 남았고, 줄무늬 고양이는 낚싯줄을 뒤에 끌면서 송어와 함께 달아났다. 배신자 고양이! 고양이는 사라졌다.

하지만 이번에는 완전히 달아나지 못했다. 기다란 낚싯줄이 뒤따라가면서 고양이가 가는 길을 가르쳐 주었다. 고양이를 시야에서 놓쳤지만, 마르코발도는 낚싯줄의 끄트머리를 뒤쫓았다. 낚싯줄은 담장 위로 달려갔고, 난간을 넘어갔고, 대문을 지나 구불거리며 갔고, 지하실 안으로 들어가기도 했다……. 마르코발도는 점점 더 고양이들의 장소 안으로 들어갔고, 지붕 위를 기어 올라갔고, 울타리를 뛰어넘었고, 그러면서도 여전히 도둑고양이가 간 길을 가르쳐 주는 그 움직이는 흔적이 사라지기 직전에 시야에서 놓치지 않았다.

이제 낚싯줄은 교통량이 많은 도로의 보도 위로 달려갔고, 마르코발도는 그 뒤를 쫓아 달려가 거의 붙잡기 직전이었다. 그는 몸을 던져 엎어지면서 마침내 붙잡았다! 어느 대문의 철책 사이로 빠져 나가기 직전에 낚싯줄의 끝을 붙잡는 데 성공한 것이다.

반쯤 녹이 슨 대문과 담쟁이덩굴로 뒤덮인 양쪽의 담장 뒤에는 가꾸지 않은 조그마한 정원이 있었고, 그 너머에는 버려진 것처럼 보이는 작은 저택이 있었다. 마른 나뭇잎들이 수북이 길을 뒤덮고 있었고, 나뭇잎들은 두 그루 플라타너스 가지들 아래 사방에 쌓여 있었고, 꽃밭 위에서는 아예 조그마한 동산을 이루고 있었다. 조그마한 연못의 녹색 물 위에도 켜켜이 쌓인 나뭇잎들이 떠다녔다. 주위에는 거대한 건물과 고층 빌딩 들이 솟아 있었고, 빌딩의 수많은 창문은 나무 두 그루, 황폐한 집, 수많은 노란색 나뭇잎들의 그 자그마한 공간, 아주 번잡한 구역 한가운데에 아직 남아 있는 그곳을 못마땅하게 바라보는 수많은 눈 같았다.

그리고 그 정원에는 수많은 고양이가 기둥이나 난간 위에 웅크리고 앉아 있거나, 꽃밭의 낙엽 위에 길게 누워 있거나, 나무 몸통이나 빗물 홈통에 기어 올라가 있었는데, 물음표 모양의 꼬리와 함께 네 발로 꼼짝하지 않고 있거나 앉아서 콧잔등을 앞발로 문지르고 있었다. 호랑이 무늬 고양이, 검은 고양이, 하얀 고양이, 얼룩무늬 고양이, 줄무늬 고양이, 앙고라 고양이, 페르시아 고양이, 집에서 기르는 고양이, 야생 고양이, 사향 고양이, 옴 있는 고양이 등 온갖 고양이들이 있었다. 마르코발도는 마침내 고양이 왕국의 중심지에, 그들의 비밀스러운 섬에 도달했다는 것을 깨달았다. 그리고 감동에 젖어 자신의 송어에 대해 거의 잊을 정도였다.

송어는 낚싯줄에 매달린 채 나무의 가지에 매달려 있었는데, 고양이들이 뛰어올라도 닿지 않는 곳이었다. 아마 도둑고양이가 다른 고양이들에게 뺏기지 않으려고 움직이다가 잘못해서 입에서 떨어뜨렸거나, 아니면 그 특별한 전리품을 자랑하기 위해 걸어 놓은 것 같았다. 낚싯줄은 나뭇가지에 걸려 있었고, 마르코발도가 아무리 잡아당겨도 풀리지 않았다. 그러는 동안 고양이들 사이에 격렬한 싸움이 벌어졌다. 닿을 수 없는 송어를 잡으려는, 말하자면 잡으려고 시도할 권리를 위한 싸움이었다. 각자 다른 고양이들이 뛰어오르는 것을 저지하려고 했다. 서로가 서로에게 달려들었고, 허공에서 뒤엉켰고, 예리한 쇳소리, 비명 소리, 콧소리, 무섭게 으르렁거리는 소리와 함께 서로 움켜잡고 뒹굴었다. 마침내 부스럭거리는 마른 낙엽들의 소용돌이 속에 모든 고양이의 전투가 벌어졌다.

마르코발도는 헛되이 여러 번 잡아당긴 끝에 이제 낚싯줄이 풀렸다는 것을 느꼈다. 하지만 조심해서 잡아당겨야 했다. 송어가 바로 그 격분한 고양이들의 싸움터 한복판으로 떨어질 수도 있었다.

바로 그 순간 정원의 담장 위에서 이상한 것들이 비처럼 쏟아지기 시작했다. 생선의 뼈, 머리, 꼬리, 허파와 내장 조각들이었다. 그러자 고양이들은 곧바로 매달린 송어를 놔두고 새로운 먹이로 달려들었다. 마르코발도에게는 낚싯줄을 잡아당겨 자기 송어를 되찾을 수 있는 좋은 기회였다. 하지만 그가 재빨리 움직이기도 전에 저택의 덧창문에서 노랗고 메마른 손 두 개가 나왔다. 한 손은 가위, 다른 한 손은 프라이팬을 들고 있었다. 가위를 든 손은 송어 위쪽으로 올라갔고, 프라이팬을 든 손은 아래쪽으로 내밀었다. 가위는 낚싯줄을 잘랐고, 송어는 프라이팬 안으로 떨어졌으며, 손과 가위와 프라이팬이 뒤로 물러났고, 덧창문이 닫혔다. 모든 것이 순식간에 일어났다. 마르코발도는 무슨 일인지 이해할 수 없었다.

"당신도 고양이들의 친구인가요?" 등 뒤에서 들려오는 목소리에 몸을 돌렸다. 그는 한 무리의 여자들에게 둘러싸였다. 머리에 유행이 지난 모자를 쓴 나이 많은 여자들도 있었고, 노처녀 티가 나는 보다 젊은 여자들도 있었는데, 모두들 손이나 가방에 고기나 생선 찌꺼기가 담긴 종이봉투를 들고 있었고, 어떤 여자는 우유가 든 작은 냄비까지 들고 있었다. "미안하지만, 저 불쌍한 고양이들을 위해 대문 너머로 이것을 좀 던져 주겠어요?"

"그런데 저 고양이들은 왜 모두 저기 모여 있는 거죠?" 마르코발도는 물었다.

"여기 아니면 어디로 가겠어요? 이제 이 정원만 남았어요! 다른 구역에 사는 고양이들도 이곳으로 오지요. 수십 킬로미터 떨어진 곳에서요……"

"새들도 그래요." 다른 여자가 끼어들었다. "저 몇 그루 나무 위에서 수백 마리가 살고 있어요……"

"개구리들도 모두 저 연못에 살아요. 밤이면 개굴개굴 울어 대지요……. 주위에 있는 집들 8층에서도 들려요……"

"이 저택 주인은 누구인데요?" 마르코발도는 물었다. 이제 대문 앞에는 여자들뿐 아니라 다른 사람들도 모여 있었다. 맞은편의 주유소 주인, 작업장의 소년, 우편배달부, 야채 가게 주인, 지나가던 사람들도 있었다. 그리고 질문을 하지도 않았는데, 신비롭고 논쟁적인 주제일 경우 언제나 그러하듯이, 남자든 여자든 각자 대답을 하려고 했다.

"후작 부인 집이에요. 저기 사는데, 전혀 안 보여요……"

"건축 회사들이 엄청나게 많은 돈을 주겠다고 제안했대요. 이 조그마한 땅덩어리를 사려고요. 그런데 팔려고 하지 않았대요……."

"세상에 혼자 사는 늙은 부인이 그 많은 돈으로 무엇을 하겠어요? 산산이 부서지더라도 자기 집을 지키려고 해요. 강제로 이사하지 않으려고 말이에요……."

"도시 한복판에서 새로 건축되지 않은 유일한 곳이지요……. 해마다 땅값이 올라요……. 제안하는 사람들도 많구요……."

"제안만 했나요? 협박도 하고, 위협, 박해도 했어요……. 알잖아요, 사업가들이란!"

"그래도 부인은 계속 거절했어요……. 오래전부터……."

"성녀 같아요……. 부인이 없다면 저 불쌍한 동물들이 어디로 가겠어요?"

"천만에요. 저 인색한 노파에게 동물은 조금도 중요하지 않아요! 먹을 것을 주는 걸 본 적이 있어요?"

"자기 먹을 것도 전혀 없는데, 고양이들에게 무엇을 주겠어요? 몰락한 가문의 마지막 후손이래요."

"고양이들을 증오해요! 우산대를 휘둘러 내쫓는 것을 내가 보았어요."

"꽃밭의 꽃들을 짓밟았기 때문이에요!"

"도대체 무슨 꽃을 말하는 거죠? 이 정원에는 항상 잡초뿐인데요!"

마르코발도는 그 늙은 후작 부인에 대한 의견이 심하게 나뉘어져 있다는 것을 깨달았다. 누구는 천사 같다고 생각했고, 누구는 탐욕스럽고 이기적인 여자라고 생각했다.

"새들에게도 그래요! 빵 부스러기 하나 준 적이 없어요!"

"거처를 제공하는 데도요! 그게 부족해 보여요?"

"모기들에게도 그렇다는 말이군요. 저 연못에서 모든 모기가 이곳으로 와요. 여름에는 모기들이 우리를 산 채로 잡아먹는다고요! 모두 저 후작 부인 때문이에요!"

"또 쥐들은 어떻고요? 저 집은 쥐들의 소굴이에요. 마른 낙엽 밑에 살면서 밤마다 밖으로 나와요……."

"쥐들에 대해서는 고양이들이 알아서 해요……."

"오, 당신들의 고양이! 고양이들을 믿어야 한다니……."

"왜요? 왜 고양이를 비난해야 해요?"

여기에서 논쟁은 모두의 싸움으로 전락했다.

"당국이 개입해야 해요! 저택을 차압해야 해요!" 누군가가 외쳤다.

"무슨 권리로요?" 다른 사람이 항의했다.

"여기처럼 현대적인 동네에 저런 쥐들의 소굴이라니……. 금지시켜야 해요……."

"하지만 나는 저 약간의 녹색을 볼 수 있어서 이 아파트를 선택한 걸요……."

"세상에, 녹색이라니! 저기 세울 수 있는 멋진 고층 빌딩을 생각해 봐요!"

마르코발도 역시 자기 말을 하고 싶었지만, 적당한 순간을 찾을 수 없었다. 마침내 그는 단숨에 소리쳤다. "후작 부인이 내 송어를 훔쳤어요!"

그 예상치 못한 소식은 후작 부인의 적들에게 새로운 비난거리를 제공했다. 반면에 옹호자들은 불행한 귀부인이 처한 빈궁함의 증거로 활용하려고 했다. 이쪽이나 저쪽 모두 마르코발도가 가서 문을 두드리고 부인에게 이유를 물어보아야 한다는 데 동의했다.

대문은 열쇠로 잠겨 있는지 아니면 열려 있는지 알 수 없었다. 어쨌든 손으로 밀자 탄식 같은 삐걱거림과 함께 열렸다. 마르코발도는 낙엽과 고양이 사이를 지나 현관의 계단으로 올라갔고, 문을 세게 두드렸다.

창문 하나에서(프라이팬이 나타났던 바로 그 창문이었다.) 덧창문이 약간 열렸고, 한쪽 모퉁이에서 동그랗고 파란 눈이 하나 보였다. 표현하기 힘든 색깔로 물들인 머리카락 한 움큼과 메마른 손 하나도 보였다. "누구세요? 누가 두드리는 거요?" 그렇게 묻는 목소리가 튀긴 기름 냄새와 함께 날아왔다.

"후작 부인, 저는 송어의 주인입니다." 마르코발도는 설명했다. "방해하고 싶지 않지만, 혹시 모르실까 해서 말씀드립니다. 그 송어는 제가 낚았는데, 저 고양이가 훔쳐가 버렸지요. 사실 그 낚싯줄이……."

"고양이, 언제나 고양이 때문이지!" 덧창문 뒤에 숨은 후작 부인이 날카롭고 약간 코맹맹이 같은 목소리로 말했다. "내 모든 저주는 고양이 때문에 온다니까! 무슨 말인지 아무도 몰라요! 나는 밤낮 저 짐승들의 포로로 살고 있어요! 그리고 사람들이 담장 너머에서 던지는 쓰레기들도 나를 괴롭혀요!"

"하지만 제 송어는……."

"당신 송어라니! 나는 송어에 대해 아무것도 몰라요!" 후작 부인의 목소리는 거의 비명이 되었다. 마치 튀긴 송어 냄새와 함께 창문 밖으로 새어 나오는 프라이팬 속 기름 지글거리는 소리를 덮으려는 것 같았다. "이 집 안의 나에게 퍼붓는 모든 것에 대해 내가 무엇을 알 수 있겠어요?"

"그래요. 하지만 제 송어를 가져갔어요? 아니면 가져가지 않았어요?"

"고양이들 때문에 나는 온갖 피해를 겪고 있어요! 아, 정말로 힘들어요! 나는 아무것도 대답하지 않겠어요! 나는 내가 잃어버린 것만 말할 수 있어요! 고양이들이 오래전부터 내 집과 정원을 점령하고 있어요! 내 생명은 저 짐승들이 장악하고 있어요! 그러니 그 주인들에게 가서 당신 피해를 보상하라고 해요! 피해라고요? 인생이 파괴되었어요! 여기에 포로로 붙잡혀서 한 걸음도 움직이지 못해요!"

"그런데 미안합니다만, 누가 당신을 잡아 두고 있다는 건가요?"

덧창문의 틈 사이로 때로는 동그랗고 파란 눈이 보였다가, 때로는 이빨 두 개가 튀어나온 입이 보였다가 했다. 잠시 한 순간 얼굴 전체가 보이기도 했는데, 마르코발도에게는 혼란스럽게도 고양이 얼굴 같았다.

"저들이 나를 포로로 잡아 두고 있어요! 저 고양이들이! 아, 여기서 나갈 수만 있다면! 깨끗한 현대식 집에서 완전히 나만의 거처를 가질 수 있다면 무엇이든 주겠어요! 하지만 나갈 수 없어요……. 나를 뒤따르고, 내 걸음을 가로막고, 걸려 넘어지게 해요!" 그리고 목소리는 마치 비밀을 털어놓듯이 속삭임으로 바뀌었다. "내가 이 땅을 팔까 두려워해요……. 나를 내버려 두지 않아요……. 허락하지 않아요……. 건축업자들이 나에게 계약을 하러 올 때에는 저 고양이들을 조심해야 해요! 중간에 가로막고, 발톱을 드러내고, 공증인까지 달아나게 만들었어요! 한번은 내가 계약서를 여기에서 들고 서명을 하려고 했는데, 저놈들이 창문에서 모두 덤벼들어서 잉크를 엎지르고, 종이를 모두 찢어 버렸어요……."

갑자기 마르코발도는 지금이 몇 시인지를 기억했고, 창고와 작업반장을 기억했다. 그는 발끝으로 마른 낙엽을 밟으며 멀어졌다. 그동안 목소리는 프라이팬 기름에서 나오는 연기에 휩싸인 채 덧창문의 창살 사이로 계속 흘러나왔다. "나를 할퀴기도 했어요……. 아직도 흉터가 있어요……. 여기 버려진 나는 이 악마들에게 붙잡혀 있다고요……."

겨울이 왔다. 하얀 눈꽃송이들이 나뭇가지와 기둥과 고양이 꼬리 위에서 피어났다. 눈 아래에서 마른 낙엽은 썩어 진창을 이루었다. 돌아다니는 고양이는 별로 보이지 않았고, 고양이들의 친구인 여자들도 보이지 않았다. 음식 찌꺼기들도 단지 집으로 오는 고양이에게만 주었다. 얼마 전부터 아무도 후작 부인을 보지 못했다. 저택의 굴뚝에서는 더 이상 연기도 나오지 않았다.

눈이 내리던 어느 날 마치 봄이 된 것처럼 정원으로 수많은 고양이들이 돌아왔다. 그리고 보름달이 뜬 밤처럼 울어 댔다. 이웃 사람들은 무슨 일이 일어났다는 것을 깨달았다. 가서 후작 부인의 집 문을 두드렸다. 아무 대답이 없었다. 부인은 죽었다.

봄이 되자 어느 건설 회사가 정원 자리에 대규모 건설 공사를 시작했다. 굴착기가 토대를 세우기 위해 깊은 곳까지 내려갔고, 철근 뼈대 사이에서 시멘트가 굳었고, 높다란 기중기가 철골 구조물을 세우는 노동자들에게 철제 빔을 들어올려 주었다. 하지만 어떻게 작업을 할 수 있겠는가? 고양이들이 모든 철골 구조물 위로 돌아다녔고, 벽

돌과 석회 양동이를 떨어뜨렸고, 모래 더미 한가운데에서 서로 뒤엉켜 뒹굴었다. 철골 구조물을 세우려고 가면 꼭대기에 고양이 한 마리가 웅크리고 앉아 광폭하게 식식거리고 있는 것을 발견했다. 더욱 교활한 고양이들은 마치 야옹거리는 소리를 내고 싶은 것처럼 미장이들의 어깨 위로 기어 올라갔고, 아무리 해도 떨쳐 낼 방도가 없었다. 게다가 새들이 받침대에다 계속해서 둥지를 틀었고, 기중기의 운전석은 마치 새장 같았다⋯⋯. 물 한 동이 담을 수도 없었다. 물동이마다 개구리들이 가득 차서 개굴거리며 튀어나왔기 때문이다⋯⋯.

겨울

# 20 산타클로스의 아이들

산업과 상업 세계에 있어 일 년 중 크리스마스와 그 이전 몇 주일보다 더 친절하고 좋은 시기는 없다. 길거리에서는 백파이프의 떨리는 소리가 들려오고, 어제까지만 해도 냉정하게 총 매출액과 배당금 계산에 몰두하던 대규모 회사들이 애정과 미소에 마음을 연다. 이제 경영 이사회의 유일한 관심거리는 자매 회사나 개개인에게 축하 메시지가 담긴 선물을 보냄으로써 이웃에게 기쁨을 주려는 것이다. 모든 회사는 다른 회사에 선물을 하기 위해 또 다른 회사에서 엄청난 양의 물품을 구입해야겠다는 의무감을 느낀다. 또한 선물을 받은 회사는 다시 또 다른 회사에서 나름대로 엄청난 양의 물품을 구입하여 다른 회사에 선물한다. 회사 창문에는 밤 늦게까지 불이 켜져 있고, 특히 창고에서는 직원들이 꾸러미와 상자를 포장하느라 계속해서 잔업을 한다. 흐릿한 유리창 너머 얇게 얼어붙은 보도에는 어둡고 신비로운 산에서 내려온 백파이프 연주자들이 지나간다. 그들은 시내의 번화가에서 지나치게 밝은 불빛과 지나치게 장식된 진열장에 약간 눈이 부신 채 멈추어 서고, 고개를 숙이고 백파이프에 숨을 불어넣는다. 그 소리에 사업가들 사이의 무거운 이익 다툼은 평온해지고 새로운 경쟁에 자리를 내준다. 그러니까 누가 가장 우아한 방식으로 가장 두드러지고 독창적인 선물을 하는지 경쟁하는 것이다.

그해 스바브 회사의 '고객 관리부'는 이런 제안을 했다. 가장 중요한 사람들에게 보낼 선물을 산타클로스 복장을 한 사람이 집으로 배달해 주자는 것이었다.

그 아이디어는 회사 중역들이 만장일치로 찬성했다. 곧바로 하얀 수염, 가장자리에 털이 달린 빨간 외투, 빨간 모자, 커다란 장화 등 산타클로스 복장을 구입했다. 하급 직원들 중 누가 가장 잘 어울리는지 입어 보기 시작했다. 하지만 한 사람은 키가 너무 작아서 수염이 땅바닥에 닿았고, 다른 사람은 너무 뚱뚱해서 외투에 들어가지 않았고, 또 한 사람은 너무 젊었고, 또 한 사람은 너무 늙어서 분장을 할 필요도 없었다.

인사 담당 책임자가 여러 부서에서 다른 가능한 산타클로스 후보자를 불러 모으는 동안, 중역들은 그 아이디어를 더 발전시킬 방안을 모색했다. '노사 관리부'는 직원 전체에게 주는 선물 꾸러미도 모두 모인 자리에서 산타클로스가 전달해 주기를 원했다. '판매부'는 산타클로스가 가게들도 한 바퀴 돌기를 원했고, '홍보부'는 산타클로스가 스, 바, 브 글자가 새겨진 풍선 세 개를 실에 매달고 다님으로써 회사의 이름을 부각시키기를 원했다.

모든 사람들이 축제와 생산의 도시 전역에 확산되는 경쾌하고 친절한 분위기에 젖어 있었다. 물질적 재화와 함께 모두가 다른 사람들을 사랑한다는 정신적 재화가 주위에 흐르고 있다는 느낌보다 더 아름다운 것은 없다. 특히 그런 정신적 재화는 필릴리 필릴리 울리는 백파이프 소리가 상기시켜 주듯이 가장 중요한 것이다.

창고 안에서는 물질적인 것이든 정신적인 것이든 모든 재화가 마르코발도의 손을 거쳐 갔다. 싣거나 내려야 할 상품이었기 때문이다. 그리고 싣고 내리는 일을 하면서, 그리고 그 무수히 많은 꾸러미의 미로 한구석에는 '노사 관리부'가 준비한 자기만의 선물도 있다는 사실을 생각하면서 그는 모두의 축제에 참여하는 느낌을 받았다. 또한 월말에는 '연말 보너스'와 '잔업 수당'이 얼마나 나올지 계산하면서 그랬다. 그 돈을 받으면 그도 가게로 달려갈 수 있고, 그의 가장 진솔한 마음이 이끄는 대로, 또 산업과 상업의 이익이 이끄는 대로, 물건들을 사고 또 사서, 선물하고 또 선물할 수 있을 것이다.

인사 담당 책임자가 손에 가짜 수염을 들고 창고로 들어왔다. "이 봐요, 당신!" 그는 마르코발도에게 말했다. "이 수염이 어울리는지 한 번 붙여 봐요. 아주 멋져! 산타클로스는 바로 당신이야. 위로 올라와요. 서둘러요. 하루에 오십 개를 집으로 배달하면 특별 수당을 받을 거요."

산타클로스로 변장한 마르코발도는 짐수레가 달린 오토바이를 타고 시내를 가로질러 달렸다. 짐수레에는 다채로운 종이로 포장하여 멋진 리본으로 묶고 겨우살이와 호랑가시나무 가지들로 장식된 꾸러미들이 가득 실려 있었다. 하얀 솜으로 만든 수염은 목을 약간 간질이면서도 찬바람으로부터 막아 주었다.

맨 처음 달려간 곳은 집이었다. 아이들을 깜짝 놀라게 해 주고 싶은 유혹을 물리칠 수 없었기 때문이다. 그는 생각했다. '처음에는 나

를 몰라보겠지. 하지만 나중에 얼마나 웃을까!'

아이들은 계단에서 놀고 있었다. 아이들은 고개를 돌리자마자 말했다. "안녕, 아빠."

마르코발도는 실망했다. "그런데…… 내가 어떤 옷을 입었는지 안 보여?"

"어떤 옷을 입었느냐고요? 산타클로스 옷이잖아요?" 피에트루초가 말했다.

"그런데도 나를 금세 알아보았어?"

"당연하지요! 아빠보다 더 잘 변장한 시지스몬도 아저씨도 알아보았어요!"

"관리인 아주머니의 형부도요!"

"앞집 쌍둥이네 아버지도요!"

"모두가 산타클로스 옷을 입고 있었어?" 마르코발도는 물었다. 그의 목소리에는 실망감이 서렸는데, 아이들을 놀래 주지 못한 데다 회사의 명성이 어딘가 실추되었다고 느꼈기 때문이었다.

"물론이에요. 모두 아빠 같았어요. 세상에! 모두 똑같이 가짜 수염에다 산타클로스 옷을 입었더라고요." 아이들은 대답했다. 그리고 등을 돌리더니 놀이에만 신경을 썼다.

사실 많은 회사의 고객 관리부에서 동시에 똑같은 아이디어를 냈던 것이다. 그리고 주로 실업자, 연금 생활자, 떠돌이 상인 같은 많은 사람들을 모집해 빨간 외투를 입히고 솜으로 만든 수염을 붙였던 것이다. 아이들은 처음 몇 번은 그렇게 변장한 사람들에게서 동네 사람이나 아는 사람의 얼굴을 알아보고 즐거워했으나, 잠시 후에는 익숙해져서 신경도 쓰지 않았다.

아이들에게는 몰두해 있는 놀이가 더 재미있는 것 같았다. 아이들은 층계참에 둥글게 모여 앉아 있었다. "너희들 지금 무슨 음모를 꾸미고 있는지 알 수 있을까?" 마르코발도가 물었다.

"방해하지 마세요, 아빠. 선물을 준비해야 해요."

"누구에게 줄 선물?"

"불쌍한 아이를 위한 선물이요. 불쌍한 아이를 찾아서 선물을 해야 해요."

"누가 그런 말을 했어?"

"읽기 책에 나와 있어요."

마르코발도는 하마터면 이렇게 말할 뻔했다. '너희들이 진짜로 불쌍한 아이들이야!' 하지만 그 무렵에는 자신이 마치 마음대로 물건을 사고, 즐기고, 선물하는 풍요의 나라에 사는 주민으로 간주하게 되었고, 가난에 대해 말하는 것은 교양 없는 것처럼 보였다. 그래서 차라리 이렇게 선언했다. "불쌍한 아이들은 없단다!"

그러자 미켈리노가 일어나서 물었다. "그래서 우리에게 선물을 하지 않는 거예요, 아빠?"

마르코발도는 가슴이 조이는 것을 느꼈다. 그는 서둘러 말했다. "지금 나는 잔업 수당을 벌어야 한다. 그런 다음 너희들에게 선물을 갖다 줄게."

"어떻게 버는데요?" 필리페토가 물었다.

"선물을 갖다 주면서 말이야." 마르코발도는 말했다.

"우리에게요?"

"아니, 다른 사람들에게."

"왜 우리에게는 안 줘요? 맨 먼저 해야지요……."

마르코발도는 설명하려고 노력했다. "왜냐하면 나는 '노사 관리부'의 산타클로스가 아니라, '고객 관리부'의 산타클로스니까. 이해하겠니?"

"아니요."

"기다려." 빈손으로 온 것에 대해 어떻게든 용서받고 싶은 마음에 그는 배달하는 곳에 미켈리노를 함께 데리고 갈 생각을 했다. "네가 착하게 군다면, 아빠가 사람들에게 선물을 배달하는 데 함께 데려가 줄게." 그는 오토바이 안장에 올라타면서 말했다.

"같이 가요. 혹시 불쌍한 아이를 찾을지도 몰라요." 미켈리노는 말하더니 올라탔고, 아빠의 어깨를 붙잡았다.

도시의 거리에서 마르코발도는 자기와 똑같이 빨갛고 하얀 차림의 다른 산타클로스를 수없이 많이 만났다. 모두들 소형 트럭이나 짐수레가 달린 오토바이를 몰고 가거나, 아니면 꾸러미들이 가득한 고객들에게 가게의 문을 열어 주거나, 아니면 구입한 물건을 자동차에 싣는 것을 도와주고 있었다. 그리고 그 산타클로스들은 모두 정신없이 분주한 태도였고, 마치 크리스마스 축제라는 거대한 기계 장치의 관리 업무에 종사하는 것 같았다.

그리고 마르코발도는 그들과 마찬가지로 목록에 표시된 주소 이곳에서 저곳으로 달려갔고, 안장에서 내려 짐수레의 꾸러미들을 뒤져 하나를 들었고, 문을 열어 주는 사람에게 이렇게 말하면서 내밀었다. "스바브 회사에서 즐겁고 행복한 크리스마스와 새해 되시기를 바랍니다!" 그리고 팁을 받기도 했다.

이 팁은 상당한 것이 될 수 있었고, 마르코발도는 만족하다고 말할 수 있었지만, 무엇인가가 부족했다. 미켈리노를 데리고 문의 초인종을 누르기 전에 그는 문을 열어 줄 사람이 앞에 산타클로스를 보고 놀랄 모습을 미리 음미해 보았다. 축제, 호기심, 감사의 마음을 기대하였다. 그런데 매번 그는 날마다 신문을 배달하는 우편배달부와 같은 대접을 받았다.

어느 화려한 집의 초인종을 눌렀다. 가정부가 문을 열었다. "오, 또 다른 선물이군요. 어디에서 왔어요?"

"스바브 회사에서……."

"좋아요, 이쪽으로 가져와요." 가정부는 앞장서서 멋진 태피스트리, 양탄자, 마요르카 산 도자기로 가득한 복도로 안내했다. 미켈리노는 눈을 동그랗게 뜨고 아빠 뒤를 따라갔다.

가정부는 어느 유리문을 열었다. 커다란 전나무가 안에 들어갈 정도로 천장이 아주 높은 거실로 들어갔다. 크리스마스트리는 온갖 색깔의 유리 전구들로 빛났으며, 나뭇가지들에는 온갖 모양의 과자들과 선물들이 매달려 있었다. 천정에는 커다란 크리스털 샹들리에가 매달려 있었고, 크리스마스트리의 가장 높은 가지에는 빛나는 유리 전구들이 달려 있었다. 커다란 탁자 위에는 크리스털 그릇, 은제 식기류, 사탕 상자, 병이 담긴 상자가 진열되어 있었다. 널따란 양탄자 위에 흩어진 장난감은 장난감 가게처럼 많았고, 특히 복잡한 전자 장치 장난감과 우주선 모형이 많았다. 그 양탄자 한쪽의 빈 구석에는 아홉 살 정도의 한 아이가 지겹다는 듯이 부루퉁한 표정으로 엎드려 있었다.

"잔프란코, 일어나요, 잔프란코." 가정부가 말했다. "산타클로스가 다른 선물을 갖고 돌아온 것 보았어요?"

"삼백열두 번째야." 아이는 책에서 눈도 떼지 않고 한숨을 쉬었다. "거기 뭐요."

"삼백열두 번째로 받는 선물이랍니다." 가정부가 말했다. "잔프란코는 아주 영리해요. 모두 세는데, 하나도 빠뜨리지 않아요. 숫자 세는 것을 가장 좋아하지요."

마르코발도와 미켈리노는 발끝으로 그 집을 떠났다.

"아빠, 저 아이가 불쌍한 아이예요?" 미켈리노가 물었다.

마르코발도는 짐수레의 짐을 다시 정리하는 데 몰두해 바로 대답하지 못했다. 하지만 잠시 후 서둘러 말했다. "불쌍하다고? 무슨 말이야? 저 아이 아버지가 누군지 알아? '크리스마스 판매 증진 협회'의 회장님이야. 기사 훈장까지 받은……."

마르코발도는 말을 멈추었다. 미켈리노가 보이지 않았기 때문이다. "미켈리노, 미켈리노! 어디 있어?" 미켈리노는 사라지고 없었다.

'아마 다른 산타클로스가 지나가는 것을 보고, 나라고 착각하여 뒤따라간 모양이구나…….' 마르코발도는 계속해서 선물을 배달했다. 하지만 약간 걱정이 되었고, 빨리 집으로 돌아가고 싶었다.

집으로 돌아온 그는 미켈리노가 형제들과 함께 착하게 놀고 있는 것을 발견했다.

"말해 봐. 너 어디로 갔었어?"

"집으로요. 선물을 가져가려고……. 그래요, 그 불쌍한 아이를 위한 선물이요……."

"에! 누구?"

"그렇게 쓸쓸해 보이던 아이요……. 크리스마스트리가 있는 저택의 아이 말이에요……."

"그 아이에게? 네가 그 아이에게 무엇을 선물할 수 있었어?"

"그러니까 우리가 잘 준비했어요⋯⋯. 은박지에 싼 선물 세 가지예요⋯⋯."

다른 아이들이 끼어들었다. "우리가 모두 함께 갖다 주러 갔어요! 얼마나 기뻐했는지 몰라요!"

"세상에, 그럴 리가!" 마르코발도는 말했다. "너희가 준 선물에 기뻐했다니!"

"그래요, 우리 선물에⋯⋯. 무엇이 들어 있는지 보려고 곧바로 달려가서 종이를 뜯었어요⋯⋯."

"무엇이 들어 있었는데?"

"첫 번째는 망치였어요. 나무로 된 크고 둥근 망치요⋯⋯."

"그래서?"

"그 아이는 기뻐서 폴짝폴짝 뛰었어요! 망치를 잡더니 바로 사용했어요!"

"어떻게?"

"모든 장난감을 부쉈어요! 크리스털 그릇들도 모두요! 그러고 나서 두 번째 선물을 들었어요⋯⋯."

"무엇이었는데?"

"고무줄 새총이요. 얼마나 좋아했는지 아빠가 봤어야 해요⋯⋯. 크리스마스트리의 유리 전구를 모두 깨 버렸어요. 그런 다음 전등도 깼어요⋯⋯."

"그만, 그만, 더 이상 듣고 싶지 않아! 그럼⋯⋯ 세 번째 선물은?"

"우린 더 선물할 것이 없었어요. 그래서 은박지에다 부엌에서 쓰는 성냥 한 갑을 쌌어요. 그 아이를 가장 기쁘게 해 준 선물이었죠. 아이가 말했어요. '우리 집에서는 성냥에 손도 못 대게 해!' 그리고 성냥을 켜기 시작했어요. 그래서……."

"그래서……?"

"……모두 불태워 버렸어요!"

마르코발도는 손으로 머리칼을 움켜잡았다. "나는 이제 망했다!"

이튿날 회사에 간 마르코발도는 폭풍우를 예감했다. 그는 서둘러서 다시 산타클로스 옷을 입었고, 짐수레에다 배달해야 할 선물 꾸러미를 실었다. 그런데 아무도 그에게 아무 말도 하지 않아서 의아했다. 그때 부장 세 명이 자기 쪽으로 오는 것을 보았는데, 고객 관리부, 홍보부, 판매 관리부의 부장이었다.

"멈춰! 모두 내려놔요, 빨리!" 국장들이 그에게 말했다.

'이제 왔구나!' 마르코발도는 생각했다. 그리고 벌써 해고당한 자신의 모습을 보았다.

부장들이 말했다. "빨리! 선물 꾸러미들을 바꿔야 해요! '크리스마스 판매 증진 협회'에서 '파괴적 선물' 출시 광고를 시작했습니다!"

"그렇게 갑자기……. 먼저 생각할 수도 있었을 텐데……." 그들 중 하나가 말했다.

"회장님이 갑작스럽게 떠올리셨답니다." 다른 하나가 설명했다. "회장님의 아이가 선물로 아주 최신식 물품들을 받은 모양이에요. 아마 일본 제품인 것 같습니다. 어쨌든 아이가 즐거워하는 모습을 처음 보았대요……."

세 번째 부장이 말했다. "보다 중요한 것은 '파괴적 선물'이 온갖 종류의 상품을 파괴하는 데 사용된다는 것입니다. 소비 리듬을 촉진하고 시장에 활력을 주는 데 필요한 것이지요……. 모든 것이 아주 짧은 시간에 어린이의 손에 의해…… 협회 회장님은 새로운 지평선이 열리는 것으로 보셨어요. 정말로 열광해 있습니다……"

"그런데 그 아이가 정말로 많은 것을 파괴했습니까?" 마르코발도가 가느다란 목소리로 물었다.

"대충이라도 계산하기 힘들죠. 집이 불타 버렸으니까……"

마르코발도는 밤이 된 것처럼 불이 환하게 켜진 거리로 다시 나갔다. 거리에는 엄마와 아이, 아저씨와 할아버지, 선물 꾸러미, 풍선, 흔들 목마, 크리스마스트리, 산타클로스, 닭, 칠면조, 케이크, 술병, 백파이프 연주자, 굴뚝 청소부, 불타는 검은색 둥근 화덕 위에서 밤을 굽는 군밤 장사로 가득했다.

도시는 더욱 작아 보였다. 빛나는 유리병 안에 담겨 있고, 수백 년 된 밤나무 둥치들과 끝없는 눈의 망토 사이에서 숲의 어두운 심연 속에 파묻혀 있는 것 같았다. 어둠의 어느 곳에선가 늑대 울음 소리가 들려왔다. 작은 토끼들의 굴은 눈 속에, 밤송이들이 겹겹이 쌓인 곳 아래의 따뜻한 붉은색 흙 속에 파묻혀 있었다.

새하얀 토끼 한 마리가 눈 위로 나왔다. 귀를 쫑긋 움직이며 달빛 아래에서 달려갔다. 하지만 하얀색이어서 마치 없는 것처럼 보였다. 단지 조그마한 발이 눈 위에 작은 클로버 잎 같은 가벼운 흔적을 남겼다. 늑대도 보이지 않았다. 늑대는 검은색이었고, 숲의 어둠 속에 있었기 때문이다. 입을 벌리면 하얗고 날카로운 이빨들이 보일 뿐이었다.

완전히 검은색 숲이 끝나고 완전히 하얀색 눈밭이 시작되는 곳에 선이 하나 그어져 있었다. 토끼는 이쪽에서 달렸고, 늑대는 저쪽에서 달렸다.

늑대는 눈 위의 토끼 발자국을 보고 뒤쫓아 갔다. 하지만 들키지 않으려고 계속 어두운 쪽에 있었다. 발자국이 멈추는 지점에 틀림없이 토끼가 있었다. 늑대는 어둠에서 나왔고, 시뻘건 입과 날카로운 이빨을 쫙 벌렸고, 허공을 깨물었다.

토끼는 보이지 않게 약간 저쪽에 있었다. 한쪽 발로 귀를 문질렀고, 깡충깡충 뛰어 달아났다.

여기 있나? 저기 있나? 아니, 약간 저쪽에 있나?

오로지 하얀 눈밖에 보이지 않았다. 여기 이 페이지처럼.

# 작품 해설

이탈로 칼비노의 상상력이 돋보이는 작품 『마르코발도 혹은 도시의 사계절』은 부제가 암시하듯이 계절의 변화에 따라 벌어지는 일화를 엮은 작품으로 모두 스무 개의 단편으로 구성되어 있다. 그러니까 오 년에 걸쳐 다섯 번의 계절 순환을 배경으로 하며, 각 단편은 독립적이면서도 상호 유기적으로 연결되어 있다. 대도시에서 단순 노동자로 살아가는 주인공 마르코발도와 그의 가족이 벌이는 갖가지 모험이 이야기의 주요 골격을 이룬다.

이 작품은 1963년에 출판되었지만 초기의 일부 단편은 1950년대 초반에 집필되어 이탈리아 공산당의 기관지였던 일간신문 《루니타》에 발표된 것이다. 당시 칼비노는 공산당의 적극적인 당원으로 《루니타》의 편집에도 참여했으나 1957년 소련의 헝가리 침공에 실망하여 다른 여러 지성인들과 함께 탈당했다.

마르코발도의 출신이나 사건의 배경에 대한 직접적인 언급은 거의 찾아보기 어렵다. 단지 텍스트의 여러 곳에서 간접적으로 암시되는 바에 의하면 마르코발도는 자연 상태에 가까운 시골 출신으로 일자리를 찾아 도시로 이주한 것으로 보인다. 아내와 여섯 명의 자식을 거느린 가장이지만 특별한 기술도 없이 스바브 회사에서 청소를 하거나 짐을 옮기고 상품을 포장하고 배달하는 등 단순한 막일꾼 노동자이다. 스바브 회사가 무엇을 생산하고 판매하는지는 분명하게 나와 있지 않다. 그가 살아가는 도시의 이름도 언급되지 않는다. 하지만 작품에서 묘사되는 공장 굴뚝이나 널찍한 거리, 고층 빌딩, 강, 언덕 등으로 짐작해 볼 때 칼비노가 여러 해 동안 살았던 토리노를 모델로 삼은 것으로 보인다. 토리노는 피아트 공장을 중심으로 이탈리아 산업화의 중심지이자 상징이었고, 이탈리아 공산당이 태동한 곳이기도 했다.

그런 대도시에서 마르코발도는 다분히 몽상적이고 엉뚱한 생각과 행동으로 예상치 못한 사건을 벌인다. 마치 화려하고 눈부신 도시 생활에 제대로 적응하지 못하고 부평초처럼 떠도는 것처럼 보인다. 최소한 그에게 있어 도시는 시멘트와 아스팔트로 뒤덮여 있으며 고층 빌딩 사이에서 교통 혼잡과 스모그에 시달리는 부정적인 이미지로 제시된다.

그런데도 그는 도시의 구석들에서 흥미로운 것을 찾아내고 거기에서 꿈과 희망의 실마리를 엮어 낸다. 나뭇잎이나 버섯, 철새, 비와 바람, 눈, 달 같은 것들이 그에게는 "모두 사색의 대상으로 계절의 변화, 영혼의 욕망들, 존재의 초라함을 깨닫게" 하는 계기를 제공한다. 그것들을 통해 계절의 변화를 확인하고 자연의 냄새와 흔적을 되찾으려고 한다. 하지만 그의 시도는 번번이 좌절되고 예상치 못한 사건으로 비화되거나 우스꽝스러운 해프닝으로 끝난다.

　이렇듯 작품의 핵심 키워드는 부제에서 말하는 도시와 계절이다. 문명의 상징인 도시와 계절의 변화로 대변되는 자연은 서로 배타적인 관계로 공존하기 어려운데, 도시에 살면서 자연을 꿈꾸고 있는 것이다. 여기에서 자연은 인간 본연의 모습이자 잃어버린 고향 또는 태초의 정체성과 동일시될 수 있다. 마르코발도는 그 원초적 고향으로 되돌아가려고 하지만 반복되는 실패와 좌절에서 드러나듯이 그것은 현실적으로 거의 불가능해 보인다.

　물론 마르코발도가 도시 생활에 적응하지 못하는 이유 하나는 삶의 고단함 탓일 것이다. 비좁은 지하 셋방과 고미 다락방을 전전하는 생활은 가난하고 초라한 삶의 전형이다. 그런 삶을 증명하듯이 여러 일화가 먹는 것과 관련되어 있다. 길거리 화단의 버섯을 먹고 식중독에 걸리는 사건부터 시작하여 도시의 비둘기, 병원 실험실의 토끼, 도시락과 관련된 일화는 그런 삶의 아픔을 담고 있다. 추운 겨울 난로에 넣을 나무가 없어 고속도로 주변의 광고판을 잘라 오는 것도 그렇다. 특히 풍요로운 도시의 상징인 대형 슈퍼마켓에서 단지 다른 사람들처럼 자신도 구입한 물건을 자랑하는 기쁨을 맛보기 위해 카트에 가득 상품을 담았다가 궁여지책으로 처리하는 그들 가족의 모습은 독자의 마음 한쪽을 무겁게 만든다.

　그러한 주인공의 태도는 약간 어중간한 입장에 머물러 있다. 적극적으로 도시 생활을 거부하거나 부정하지도 못하고 숙명처럼 주어진 삶에 수동적으로 이끌려 가기 때문이다. 하지만 다른 한편으로 그가 벌이는 모험은 도시를 거부하고 자연으로 되돌아가고 싶은 욕망의 표현이자 문명의 폭력에 대한 저항의 몸짓이라고 말할 수 있다.

언제나 실패로 끝나지만 그래도 좌절하거나 포기하지 않고 진정한 삶을 찾고 구현하기 위한 소박한 몸부림인 것이다.

마르코발도의 모험들은 소위 '산업과 문학'에 대한 이탈리아 지성계의 논쟁을 집약적으로 보여 준다. 1950년대와 1960년대에 걸쳐 산업화와 고도의 경제 성장이 이루어지면서 여러 가지 사회적, 정치적, 경제적 문제들이 드러나기 시작했고, 그에 대한 작가들의 관심이 작품으로 형상화되었던 것이다. 산업화와 도시화는 많은 문제를 야기했다. 예를 들면 인간과 기계 사이의 관계, 빈부 격차, 고용주와 고용인 사이의 갈등과 대립, 화이트칼라와 블루칼라의 구별이나 차별, 노동 현실, 공해와 환경 문제, 소비주의 등이 그렇다. 이탈리아의 경우 소위 남부 문제도 여기에 포함되었다. 산업화를 기반으로 부유한 북부와 경제적으로 낙후되고 가난한 남부 사이의 대립과 갈등은 역사적으로 오래되었고 지금도 완전히 해결되지 않은 상태이다. 만약 마르코발도가 이탈리아 남부의 농촌 출신으로 일자리를 찾기 위해 북부의 산업 도시 토리노로 이주한 인물이라면 그 모든 문제를 포괄적으로 내포한 전형적 등장인물인 셈이다.

그리고 그런 분위기에서 지성인의 역할에 대한 논쟁과 문제 제기도 있었다. 특히 지성인들의 현실 참여가 중요한 이슈로 부각되었다. 활동적인 좌파 지성인이자 작가로서 칼비노는 논쟁의 본질적인 주제를 마르코발도의 모험으로 투영시켰다. 그렇지만 현실의 쓰라린 모습을 있는 그대로 폭로하거나 비판하는 것이 아니라 자기 특유의 상상력을 통해 한 번 굴절되고 완화된 모습으로 보여 주었다. 작품 여러 곳에서 발견되는 갑작스러운 사건의 비약이나 기발한 상상은 거기에서 나온 것이다.

그러니까 이 작품 역시 환상성에서 생명력을 얻는다. 그렇기 때문에 모래찜질을 하던 바지선이 흙더미에 부딪치면서 마르코발도가 허공으로 높이 날아가고, 안개 속에 길을 잃고 헤매다가 국제선 비행기를 타고, 화분에 담긴 화초가 단 며칠 만에 엄청나게 자라나고 잎사귀가 황금빛으로 물들어 떨어지기도 한다. 그런 이야기 전개는 평범하고 일상적인 주위의 현실에서 출발하여 갑자기 환상적이고 몽환적인 세계로 넘어가는 것처럼 보이고, 때로는 독자를 어리둥절하게 만들 수도 있다. 마지막 일화의 끝부분에서 갑자기 등장하는 토끼와 늑대의 관점이 제시되고, 또한 그것을 글쓰기 행위 자체와 연결시키는 것도 마찬가지이다.

그것은 현실을 바라보는 칼비노의 독창적인 관점과 연결되어 있으며, 특히 현실의 무거움에 대처하기 위한 방편이기도 하다. 마치 마르코발도의 힘들고 어려운 삶의 현실에다 상상의 날개를 달아 줌으로써 가볍게 날아가도록 만드는 것처럼 보인다. 도시에서 나름대로의 세계를 형성하고 살아가는 고양이들의 시선이나 실험용 토끼의 시선으로 인간 세계를 바라보고 묘사하는 것도 동일한 맥락에서 이해할 수 있다. 우리의 현실과 삶을 타자의 시선으로 다른 각도에서 바라보는 것은 그 안에 감추어진 풍부하고 다채로운 의미를 찾기 위한 것이다.

어떤 면에서는 마르코발도가 도시의 삶을 바라보는 방식도 그와 유사하다. 그의 엉뚱하고 기발한 발상은 어린아이처럼 순수하고 단순한 눈에서 비롯된 것이며, 도시 사람들 특유의 관점을 벗어남으로써 비로소 가능해진 것이다. 그렇게 순수한 눈으로 바라본 현실의 이야기는 바로 동화 또는 우화이다. 사실 이 작품은 이탈리아 지성계의 요람이던 에이나우디 출판사에서 어린이들을 위한 시리즈 중 하나로 출판되었지만, 어린이를 위한 것이라기보다 오히려 어른들을 위한 동화이다.

출판된 지 벌써 반세기가 지났지만 이 작품의 이야기들은 지금도 현재 진행형이다. 산업화와 도시화의 어두운 그늘은 여전히 현실의 곳곳에서 상처를 드러내고 피를 흘리고 있기 때문이다. 그런 이유로 마르코발도의 이야기는 바로 우리 자신의 이야기이기도 하다. 만약 마르코발도의 해프닝을 읽으면서 어딘가 개운하지 않은 느낌을 받는다면 아마 그의 소박한 저항에 어느 정도 심정적으로 공감한다는 의미일 것이다. 진정한 삶을 되찾기 위한 마르코발도의 지칠 줄 모르는 탐색은 오래전에 시작되었지만 아직도 제자리걸음처럼 보인다. 그의 꿈을 실현하는 것은 이제 우리의 몫일 것이다.

2014년 10월

김운찬

# 작가 연보

1923년 10월 15일 쿠바의 산티아고데라스베가스에서 출생. 아버지 마리오 칼비노는 이탈리아 북부 산레모의 유서 깊은 가문 출신 농학자로 멕시코에서 이십 년을 보낸 뒤 쿠바에서 농학 연구소와 농업 학교를 맡아 운영. 어머니 에벨리나 마멜리는 사사리 출신으로 자연과학부를 졸업한 뒤 파비아 대학교에서 식물학 조교로 재직.

1925년 가족 모두 고향인 산레모로 돌아옴. 아버지가 화훼 연구소인 '오라치오 라이몬도'의 소장이 됨. 은행 도산으로 연구 자금을 잃은 뒤 활동을 계속하기 위해 자신의 저택 '라 메리디아나'의 정원을 사용. 이 연구 활동을 통해 수많은 화초를 산레모에 소개.

1927년 동생 플로리아노 출생. 플로리아노는 후에 집안의 과학적 전통을 따라 지질학자가 됨. 칼비노는 부모의 뜻대로 종교 교육을 전혀 받지 않고 자라남. 카시니 중고등학교 시절부터 시를 쓰고 풍자적인 그림과 자화상을 그리기 시작. 학창 시절 칼비노는 까다로운 편이었지만 친구들 사이에서 논쟁이 벌어질 때마다 재미있는 해석을 곁들이며 논쟁에 끼어듦.

1941년 토리노 대학교 농학부에 입학. 단편 몇 편을 쓰지만 출판되지는 않음. 발표되지 않은 단편 가운데 네 편(「가치에 대한 논의들」, 「행복한 사람」, 「자신을 믿지 않는 게 좋다」, 「노새를 탄 재판관」)은 칼비노 사후 1주기 때 고등학교 동창 에우제니오 스칼파리가 일간지《라 레푸블리카》에 발표.

1943년 무솔리니가 이끄는 이탈리아 사회 공화국 군대에 징집되지 않으려고 동생과 함께 알프스로 피신. 그 후 공산주의자 부대 '가리발디'의 제2공격대에 자원.(『거미집으로 가는 오솔길』, 『까마귀는 마지막에 온다』라는 유격대 소설에서 이때의 경험을 찾아볼 수 있음. 특히 「피와 똑같은 것」은 독일군에게 인질로 잡힌 어머니 이야기를 다룸.)

1945년 해방 후《우리들의 투쟁》,《민주주의의 목소리》,《일 가리발디노》에서 저널리스트로 활동. 이탈리아 공산당에 가입해 산레모와 토리노에서 당원으로 활동. 9월 토리노 대학교 문학부에 재등록.《폴리테크니코》,《아레투사》,《루니타》에 기고. 에이나우디 출판사 편집부에 근무하던 파베세, 비토리니, 펠리체 발보 등과 교제. 「지뢰밭」으로 '루니타' 상 수상.

1947년 조셉 콘래드에 관한 논문으로 졸업. 몬다도리 출판사의 공모에 참가하기 위해 썼던 『거미집으로 가는 오솔길(Il sentiero dei nidi di ragno)』 출간. '리치오네' 상 수상.

1948년 다음 해까지 에이나우디 출판사 재직. 공산당 일간지《루니타》의 편집자가 됨. 공산당원이자 저널리스트로 활동.

1949년 『까마귀는 마지막에 온다(Ultimo viene il corvo)』 출간.

1951년    파베세의 책『미국 문학과 논문들』의 서문 집필. 아버지 사
        망. 어머니가 화훼 연구소의 책임을 맡아 1959년까지 운영.

1952년    비토리니가 첫 소설의 '리얼리즘적-사회 참여적-피카레스
        크적' 노선을 계속하기보다는 동화 작가의 영감을 따르라고
        충고.『반쪼가리 자작(Il visconte dimezzato)』출간. 소련 여행.
        바사니가 주관하는 잡지《보테게 오스쿠레》에「은빛 개미」
        발표.《루니타》에「마르코발도」연재 시작.

1954년    『참전(L'entrata in guerra)』출간. 좌익 지식인들이 주관하는
        《치타 아페르타》에 기고 시작.

1956년    이탈리아 각 지방에 전해 내려오는 이야기를 모아『이탈리
        아 민담(Fiabe italiane)』출간.

1957년    《치타 아페르타》에「나무 위의 남작」발표.《보테게 오스쿠
        레》에「건축 투기」발표. 8월 공산당을 탈퇴하고 신좌익 사
        회주의자들과의 논쟁에 참여.
        1950년 1월부터 1951년 7월에 걸쳐 써 놓았던「포 강의 젊은
        이들」을 1957년 1월부터 1958년 3월에 걸쳐《오피치나》에
        연재.

1958년    「스모그 구름」발표.『단편들(I racconti)』출판. 세르지오 리
        베로비치의 곡에 '독수리는 어디로 날아가는가'라는 제목
        의 가사를 붙임.

1959년    『존재하지 않는 기사(Il cavaliere inesistente)』출간.「다리 저편
        에」,「세상의 주인」이라는 칸초네 작사. 루치아노 베리오의
        음악을 위해 희극「자 어서」집필.
        1960년까지 미국과 소련 여행. 두 나라의 지리적, 역사적 중

요성을 강조하면서 문화를 비교하는 글을 《루니타》에 기고. '우리의 선조들(I nostri antenati)' 3부작 출간.

1967년까지 비토리니와 함께 《일 메나보 디 레테라투라》 발행. 이 잡지에 「객관성의 바다」(1959), 「미궁에의 도전」(1962), 「노동자의 안티테제」(1967) 발표.

1963년  세르지오 토파노의 그림을 넣어 『마르코발도 혹은 도시의 사계절(Marcovaldo; ovvero, le stagioni in città)』 출간. 프랑스에서 체류. 『어느 선거 참관인의 하루(La giornata d'uno scrutatore)』 출간.

1964년  '키키타'라는 애칭으로 불리는 통역사이자 번역가인 에스터 싱어와 결혼하여 파리에 정착. 프랑스 아방가르드 예술가들과 교류하고 과학과 문학 사이의 가설에 관한 자신의 이론을 그들의 이론과 비교해 봄. 《카페》에 『우주만화(Le cosmicomiche)』 중 네 편 발표.

1965년  딸 아비가일 탄생. 「우주만화」와 함께 「스모그 구름」, 「은빛 개미」를 단행본으로 출간.

1967년  레몽 크노의 『푸른 꽃』 번역 출간.

1968년  밀라노 출판 클럽에서 『세상에 대한 기억과 우주 만화적인 다른 이야기들(La memoria del mondo e altre storie cosmicomiche)』 출간. 《누오바 코렌테》에 논문 「조합 과정으로서의 소설에 대한 메모들」 발표.

1969년  『교차된 운명의 성(Il castello dei destini incrociati)』 출간.

1970년  『힘겨운 사랑(Gli amori difficili)』 출간. 「이탈로 칼비노가 들려주는 루도비코 아리오스토의 광란의 오를란도」 집필. 그림 형제의 『동화들』 소개.

1971년  란차의 『시칠리아의 무언극들』 소개. 샤를 푸리에의 『네 가지 운동 이론』, 『새로운 사랑의 세계』 번역.

1972년  『보이지 않는 도시들(Le città invisibili)』 출판. 《카페》에 「흡혈귀의 왕국」 발표.

1973년  『교차된 운명의 성』 재출간.(결론 부분을 수정하고 「교차된 운명의 선술집」 수록.) 『보이지 않는 도시들』로 '펠트리넬리' 상 수상.

1974년  「게 왕자와 다른 이탈리아 민담들」 발표. 영화감독 페데리코 펠리니를 위해 『한 관객의 자서전(Autobiog rafia di uno spettatore)』 집필. 잠바티스타 바실레를 위해 논문 「메타포의 지도」 집필.

1975년  일간지 《코리에레 델라 세라》에 「팔로마르」를 발표하기 시작. 「피에르 파올로 파솔리니에게 보내는 마지막 편지」를 같은 신문에 발표.

1976년  독일 '슈타트프라이스' 수상.

1978년  스피나촐라가 편집하는 《푸블리코 1978》에 「1978년과 문학, 네 작가에게 보내는 다섯 가지 질문」 발표.

1979년  『어느 겨울밤 한 여행자가(Se una notte d'inverno un viaggiatore)』 출간. 여러 신문에 여행기 기고. 「나도 한때 스탈린주의자였나?」라는 글을 《라 레푸블리카》에 기고하기 시작.

1980년  가족과 함께 파리에서 로마로 이주. 칼비노는 이전부터 에이나우디 로마 지사의 자문 역할을 해 왔음.

1981년  어린이를 위한 『숲-뿌리-미궁』 집필. 프랑스의 레지옹 도뇌르 훈장 받음.

1982년  베리오와 함께 2막으로 된 오페라 「진실된 이야기」를 라 스
       칼라 극장에 올림.

1983년  『팔로마르(Palomar)』 출간. 「오디세이 속의 오디세우스들」,
       「나일 강을 거슬러 올라가다」, 「신화, 동화, 알레고리」 발표.

1984년  가르찬티 출판사로 옮겨 『모래 수집(Collezione di sabbia)』 출
       간. 베리오와 함께 「이야기를 듣는 왕」을 잘츠부르크에서 공
       연. 피렌체에서 '현실의 차원들'이라는 주제로 열린 세미나
       에서 「문학과 다양한 차원의 현실들」 발표.

1985년  카스틸리오네델페스카이아에서 뇌일혈로 쓰러짐. 9월 6일
       시에나의 산타마리아델라스칼라 병원에 입원. 같은 달 18일
       과 19일 사이에 사망.

1988년  미완성 유고 『미국 강의(Lezioni americane)』, 『민담에 대하여
       (Sulla fiaba)』 출간.

1991년  『왜 고전을 읽는가(Perché leggere i classici)』 출간.

옮긴이 **김운찬**

한국외국어대학교 이탈리아어과와 동 대학원을 졸업하고 이탈리아 볼로냐 대학교에서 움베르토 에코의 지도하에 화두(話頭)에 대한 기호학적 분석으로 박사 학위를 받았다. 현재 대구가톨릭대학교 기초교양교육원 교수로 재직 중이다. 지은 책으로 『현대 기호학과 문화 분석』, 『신곡 읽기의 즐거움 ― 저승에서 이승을 바라보다』가 있고, 옮긴 책으로 단테의 『신곡』과 『향연』, 아리오스토의 『광란의 오를란도』, 에코의 『거짓말의 전략』, 『이야기 속의 독자』, 『논문 잘 쓰는 방법』, 칼비노의 『우주만화』, 모라비아의 『로마 여행』, 파베세의 『피곤한 노동』과 『레우코와의 대화』, 과레스키의 『까칠한 가족』 등이 있다.

이탈로 칼비노 전집
**05**

# 마르코발도 혹은 도시의 사계절

1판 1쇄 찍음  2014년 10월 27일
1판 1쇄 펴냄  2014년 11월  3일

지은이  이탈로 칼비노
옮긴이  김운찬
발행인  박근섭·박상준
펴낸곳  **(주)민음사**

출판등록  1966. 5. 19. 제16-490호
주소        (135-887) 서울시 강남구 도산대로1길(신사동)
              강남출판문화센터 5층
대표전화  515-2000 | 팩시밀리  515-2007
홈페이지  www.minumsa.com

한국어 판 ⓒ **(주)민음사**, 2014. Printed in Seoul, Korea

ISBN 978-89-374-4335-0  (04880)
        978-89-374-4330-5  (세트)